遇见之前从未
想过结婚

遇见之后从未
想过
和别人结婚

# 天作之合：杨绛与钱锺书

夏墨 著

万卷出版公司
北方联合出版传媒（集团）股份有限公司

图书在版编目（CIP）数据

遇见之前从未想过结婚，遇见之后从未想过和别人结婚：天作之合：杨绛与钱锺书 / 夏墨著.— 沈阳：万卷出版公司，2019.3
ISBN 978-7-5470-5115-3

Ⅰ.①遇… Ⅱ.①夏… Ⅲ.①传记文学—中国—当代 Ⅳ.①I25

中国版本图书馆CIP数据核字（2018）第298233号

出 品 人：刘一秀
出版发行：北方联合出版传媒（集团）股份有限公司
万卷出版公司
（地址：沈阳市和平区十一纬路 25 号 邮编：110003）
印 刷 者：辽宁新华印务有限公司
经 销 者：全国新华书店
幅面尺寸：145mm × 210mm
字 数：130 千字
印 张：7.5
出版时间：2019 年 3 月第 1 版
印刷时间：2019 年 3 月第 1 次印刷
责任编辑：胡 利
责任校对：张兰华
装帧设计：范 娇
ISBN 978-7-5470-5115-3
定 价：36.00 元
联系电话：024-23284443
传 真：024-23284521

---

# 序　言

时光深处，一抹倩影掠过。年少时的脚步踏在青葱岁月，印出深深浅浅的痕。晴空万里，少女的笑荡漾在面庞，天真无邪。从儿时到暮年，她一直有一颗纯净的心，历经风霜依旧带着最初的美好，如孩童一般。民国佳人翩翩，像极了花团锦簇的大观园，艳丽芬芳的花儿不少，她却是清香而又淡雅的那朵。不生在瞩目的地方，只静默地在风中舞动，留一片花香。暗香浮动，住进了旅人心房。

她在爱里成长，亦生出了更多的爱，给予整个世界温暖。幼时，她备受父母宠爱。辗转南北，跟着父母她总是欢喜的。白天看云彩变幻，夜晚与星辰共眠。她的童年是幸福的，她看到了许多美丽的风景，也在心中种下一颗种子。那些温暖如影随形，在往后的日子里一次次带给她前行的力量，如微风，如细雨。在那些艰难的岁月里，她始终坚强地面对一切，不曾质问命运，始终与生活温和地相处。

她既是贤妻，亦是才女。与钱锺书的相遇，刹那芳华，惊艳了一世。他们是朋友、是亲人、是爱人，他们相守一生，每一天都活在爱里。她用最朴素的笔触，写出最动人的篇章。“我们仨”是她一生最大的守望。不知在多少个日夜，她伏在案前，将思念与回忆剖开一笔一画写在纸上。所有的日子都是欢快的惦念，她写时不知流了多少泪，也不知笑了多少次，那是她一生最留恋的光景，承载了数不尽的爱与暖。他们走了，她心里的火还燃烧着。

岁月变迁，容颜逐渐老去，头发也变得花白，她的心始终纯净。杨绛先生在世一百余年，生活朴素而深刻，将一切都看得通透，又充满烟火气息。她用最平凡的方式度过了旁人艳美的一生。风吹过，花香满园。先生留下了许多文学作品，亦将心中暖与爱留了下来。那份温柔足够动人，在时间的长河中愈发美丽。她走了，“我们仨”终于团圆了，而人们又多了一份惦念。

# 目录

# 第一章

## 最初

延展人生的脉络，埋下命运的伏笔

# 烟雨江南钱家事

烟雨的雾朦胧着江南，山水秀丽、小桥流水，回首难忘的美堪比天堂。人杰地灵不枉空谈，绵绵细雨缠绕着阵阵微风，吹过一颗颗温柔的心，生出一个个才子佳人。

温婉如玉般的女子大都是动人的，举手投足间不经意就拨动了谁人心弦，在心灵间生出了共鸣。杨绛如玉般温润，又如兰般清香，这般脾性是她独有的芬芳，亦成了难得一见的风景。偌大的世界，有着各式各样的精彩，广博的心胸，方可装得下整个世界。杨绛的心，便装下了整个世界的精彩，最后归于沉静和温柔。她读过许多书，走过不少路，一路看着风景吹着风，安享黎明与黑夜。那份温婉更像是伴着江南水乡生成的，带着地灵人杰。

一朵朵云飘过，小桥、流水、人家一路绵延，融入水乡的朦朦雾气。淅淅沥沥的雨打在粉墙素瓦上，一滴一滴落下，奏出一首柔美的曲子。笔不经意间沾了砚，染了画轴一卷春光，江南水乡一切都粗犷不起来，再如何不羁也都是带着秀气的。杨绛父母均是江苏无锡人，长在地道的江南水乡，这丝丝气息伴着杨绛的出生和童年渗入骨髓。在北京的成长又让杨绛多了一份硬气，柔与硬的结合更是成就了她性情的独一无二。

1910 年，杨绛的父亲杨荫杭获美国宾夕法尼亚大学硕士学位后回国。第二年，杨家的第四个孩子出生了，缓缓到来的生命让杨荫杭和妻子唐须荌欣喜万分。原本热闹的家庭又多了一份欢声笑语，孩子清脆的哭声时刻吸引着家人的目光，这个孩子便是杨绛。

刚出生的杨绛瘦瘦小小，分外惹人怜爱，神态总让人想到慵懒的猫咪。在杨绛懂事后，父亲就常常开玩笑以“猫以矮脚短身者为良”来打趣杨绛。

杨绛似乎注定会得到父母的偏爱，她是杨荫杭回国后出生的第一个孩子，生下来又瘦弱，杨荫杭和唐须荌自然是心疼的。杨家思想开明，在清朝还没被推翻前已将男女视作平等。从小杨绛就跟着父母，也不知在父母眼皮底下干了多少古灵精怪的事，讨了二人许多欢心。骨子里的端庄又使杨绛在淘气之余也明辨是非，知轻重，这份懂事乖巧也为杨绛赢得了父母更多的喜爱。杨荫杭为杨绛取名杨季康，母亲大多时候都亲切地唤她阿季。尽管后来“杨绛”二字广为人知，但想必“阿季”才是杨绛心中最亲切的那份呼唤，是她心底永远可以荡漾出涟漪的一汪清水。

杨绛生长在北京，童年穿梭在这座大城的小胡同里，在许多个午后，阳光透过树影洒在她的身上，随着她一同奔向未来。1910年，杨荫杭回国在北京的一所法政学校授课，这期间还曾经被请去肃亲王府讲法律。紧接着辛亥革命爆发了，杨荫杭带着一家人前往上海，此时的杨绛刚出生不久。到上海后杨荫杭在申报馆做编辑，还与其他人一同创办了上海律师公会。

随着时间的推移，杨荫杭的名气越来越大，成了上海有名的律师。民国政府成立后，杨荫杭被授了官职。刚正不阿是杨荫杭骨子里的气节，也自然免不了遭受官场中的黑暗，所幸有友人相助渡过一劫。辗转反侧后，杨荫杭又回到了北京，出任京师高等检察厅检察长、司法部参事等职。不同的是，这次夫妻二人回来只带了杨绛和三女儿，其他两个女儿则留在上海读书。小小的杨绛对什么都是新奇的，她还不知道这片土地将留给她童年的倒影，不真切却难忘。

无锡是杨绛的故乡，同样钱锺书也出生于此。江南像一席枕边的梦，吸引着来来往往的人。时间久了，许多回忆难免被遗忘，记忆的沙流过时间的河，淘去浮尘。钱锺书这个名字一直在，没有人可以忘记。

1910年10月20日（公历11月21日），伴随着哭声，一个新生命诞生了。钱家举堂上下一片欢喜，这是钱家这一代的第一个长孙，人们的欢笑声渐渐掩盖过孩童的哭泣声。这个孩子在出生前便备受期待，他像是钱家的希望之光，等了许久终于来到这世间。他在祝福与欢歌中诞生，看着明媚的阳光，寻着生命的方向。这个孩童便是钱锺书，此时杨绛还未来到世间，钱锺书也只是在襁褓里的婴孩儿。

钱家是书香门第，在当地算是名门望族，颇有名气。钱家传承了封建礼教，也注重知识文化的培养。钱锺书的祖父钱福炯是秀才，已年过六旬，终于迎来长孙的诞生，欣喜之余对钱锺书自然也十分疼爱。祖父钱福炯共有四个儿子，次子早夭。钱锺书出自三子钱基博膝下，因长子钱基成三十余岁，只有一女，钱基博便将钱锺书过继给长兄钱基成。钱锺书尚未知事，就这样成了自己伯父的儿子。

钱基成对过继到自己膝下的钱锺书十分疼爱，钱锺书刚到钱基成家中时，没有奶吃，钱基成便连夜去乡下为钱锺书寻了奶妈来。这份怜惜与疼爱一直伴着钱锺书成长，钱基成很是珍惜这个孩子，钱锺书这个名字也是他亲手写在族谱上的。

钱基成原本为钱锺书取名为“仰先”，字“哲良”。意为“仰望先哲”，希望他能向先哲学习，将来有所成就。这份祝福是好的，多年后钱锺书也真的圆了这份祝福。周岁礼上孩子是要抓周的，钱锺书懵懵懂懂地拿起了一本书，钱家人见此都兴奋不已，也许只是孩童不知事的选择，但终究是个好兆头。于是钱锺书便正式取名为锺书，锺（钟）情于书。

“锺书”二字配以一个钱字，简单而出众。而后数年，钱锺书如同他的名字一般对书情有独钟，读了许多书，也写了许多字，包括那本世人皆知的《围城》。儿时的他开始并非用功的孩童，大伯父对他的疼爱多有宽容，不曾逼迫他学习。大伯父在钱锺书三岁时开始教他识字，除了识字，大伯父还经常带他去吃茶看戏，也常常买些零嘴给他。

不同于大伯父的慈爱，父亲钱基博对钱锺书的要求是严苛的。钱锺书虽已过继于大伯父，但父亲并非就此撒手不管。父亲十分重视钱锺书的教育问题，认为钱锺书应尽早开始学习。只是碍于大伯父，父亲也不能多说什么，只能委婉地同大伯父讲述自己的想法。钱锺书五岁时进入私办的一所小学读书，学习了些识字造句，还未完全学透，便生了场大病。这一病可让大伯父担心不已，他为钱锺书办了退学，让他在家专心休养。

钱锺书自幼喜欢看书，大伯父见他喜欢，也常常租书给他看，他喜欢看的多是小说，如《说唐》《七侠五义》之类。在七岁时，钱锺书便已看完了《三国演义》与《西游记》。

他对小说格外感兴趣，对数学却完全听不进去，父亲教他数学，他却怎么也学不好。父亲恨铁不成钢，却不许他将这些告诉大伯父，他便真的不说。

十岁时，钱锺书考入了东林小学一年级。入学没几天大伯父便去世了，他一边哭泣一边跑回家中，哭喊着大伯父，却再也听不到那慈爱的声音了。钱锺书自此便只归父亲管了，父亲向来严厉，是有名的国学大师，严谨的治学态度让他对钱锺书的教育丝毫不放松。在父亲的管教下，钱锺书虽免不了挨打，却也渐渐开始明白事理。在喜欢文学之余开始认真努力。

奔跑在青石板的脚步渐渐远去，时光缓缓前行，遥远的地方，在许久之后两道影子交汇，故事将继续下去。那时回首，不经意间发现原来曾经一起走过相同的路，到过同样的地方，望向了同样的远方。

日子从指尖溜走，轻盈的步子踏在松软的海绵上，一点一滴挤出那些美好单纯的快乐。人生向前走，记忆飞舞着渴望回到过去，而时间不会停。回不去的光阴只能在流年里回味，用以抵挡伤痛与苦难的岁月。正如杨绛所说："常言'彩云易散'，乌云也何尝能永远占领天空。乌云蔽天的岁月是不堪回首的，可是停留在我记忆里不易磨灭的，倒是那一道含蕴着光和热的金边。"

世间走过一遭又一遭的人，欢笑和阴霾在生活中处处可见，最后留存在心中的那份爱便是“光和热的金边”。回忆中翻转出那个午后，温暖的光打在小小的杨绛的身上，她周围满是爱的金光。

## 错过，只不过是遇见的铺垫

天边的云彩追着风，从南到北。不知最后云彩会飘向何处，云多的地方必然是有雨的。看着淅淅沥沥落下的雨，打在地面、草丛、屋檐……抬头看向天空，不知会不会有一朵云曾经相识。城市的印记只有真正在那儿生活过才能刻在心间。在风和日丽的时候看过蓝天白云，在细雨如丝的时候嗅过草地芬芳，看过一条小街清晨、午后、傍晚的模样，等春来冬去，繁花似锦。如此这般怎能忘却流连在心中的风景，怎能不想念当时年少青涩无欺的光阴。人奔走在世间，在不同的地方留下独有的足迹；时光辗转于心间，跟着人走遍南北。

光阴总不散，连同故事一同融入生命，刻入骨血。杨绛一生在许多地方留下足迹，从南到北，从东到西。幼时的每一次到来和离开都是宿命，杨绛不知为何要离开，将来来回回当作了生命的常态。幼时的杨绛十分开朗，却也乖巧听话。在家中跟在母亲身后的日子飞逝而过，转眼间五岁了。别家的姑娘这个年龄还在家中待着，杨绛则要去上学了。杨家对于教育问题是十分重视的，重视并非是有着严苛的规定和要求，而是在父母看来教育本身就是一件很重要的事。无所谓学业有成、前程似锦，父母只希望杨绛能辨是非、明道理、懂真知，有自己的思想。杨绛始终没有辜负过父母这片心意与期许。

孩提时光，玩耍和搞怪总是两件要紧事。许多大师小时候都有着逃学不务正业的经历，对孩童而言，读书免不了是件太规矩的事。对于杨绛来说，读书并非是她所排斥的。五岁的杨绛拿着书包走进课堂坐得端正笔直，认真听着老师讲授的知识，她对这一切是感兴趣的。父母自小的教育使她懂事又不失天性，哭喊着大闹一场这种事情断然不会发生在她身上，她独有的恬淡自幼便扎根在心中，随着年龄的增长越发沁人心脾。

因为姑母杨荫榆在北京女高师任职，杨绛五岁时便进入北京女高师附小读书。姑母平时忙于工作，没有太多空闲照顾杨绛，杨绛也懂事地不去打扰姑母。杨绛回忆当时的姑母还是位亲和的女青年，学生们十分喜欢和尊敬姑母。姑母对杨绛也是极喜爱的，杨绛总能讨得她欢心。姑母也经常与朋友一同前往杨绛家，谈话间热闹的氛围笼罩着整个屋子，杨绛不知道他们在讲什么，却也十分开心。

有一次，姑母带着几位客人来附小四处看看。当时杨绛正与同学在饭堂一起吃饭，姑母一行人走进饭堂后顿时鸦雀无声。杨绛扒着眼前那碗饭。只见姑母径直走向自己，附在耳旁轻声说了几句话，她马上听话地将散落在桌上的米粒尽数吃光。同学们看到了杨绛的举动，也纷纷学习她把撒在桌上的米粒吃了下去。看到这一幕，姑母满意而又欣慰地笑着点头。姑母为她和小朋友上了一堂“粒粒皆辛苦”的课，这件事留给了杨绛很深的印象，也带给她诸多感悟。从此，杨绛吃饭不再有丝毫浪费。

孩子所特有的天真烂漫为他们披上一袭彩衣，鲜亮美好而无害。活泼之外又独有一份乖巧，杨绛幼时往往让人觉得可爱而不生厌。女高师的许多女学生都喜欢杨绛，常常将她带去大学部玩耍，杨绛也十分乐意。杨绛跟着女学生们一起荡秋千，虽然有些害怕但没有说出口。慢慢地，玩得次数多了心中那份恐惧消失不见了，杨绛开始感觉到荡秋千的乐趣。秋千从低处荡向高处，又从高处落回低处，高低间的起伏留存着年幼的向往和恐慌，荡漾在空中的是一场无需醒来的美梦。

女学生们每次看到小小的杨绛都觉得可爱，忍不住跑去和她玩耍说笑。有一次，她们还带着杨绛去女高师大学生的舞台上表演。女学生们要杨绛演的是“花神”，她们几乎在杨绛全身都装饰了花。杨绛的头发被盘了起来，发间插上一朵朵花，看着像春天里的一方小花圃。衣服上也被贴上了金光闪闪的花朵，在舞台上格外瞩目。杨绛在舞台上翩翩起舞，稚嫩可爱的面庞配上满满的花朵让人甚是喜爱。在花间徜徉舞蹈的杨绛不禁让人联想到“杨家有女初长成”这一句子。

在北京读书的日子留给了杨绛许多美好的记忆，可惜并不是所有事情都是欢快的。当时正值张勋复辟，整个北京城都蒙在不安中，随时可能发生动乱，人心惶惶。杨绛也能感受到这种与平常截然不同的气氛，父母带她和三姐离开了租住的房子暂住外国朋友家中。世道不平是家家户户的苦难，人人都得承担，这还不足以构成一份痛苦。真正带给杨家痛苦的是杨绛二姐的离世。隔着数百里，亲人间的思念渗入整副身体。大姐、二姐还小，父母留在心中的印记却无论如何都挥不去，她们想念父母，杨荫杭与唐须荌亦于心不忍。然而动乱时期他们没办法把两个孩子接过来，大姐、二姐暑假也未能见到父母。

在每个看不到光亮的黑夜，人们都想念着黎明，杨家也盼望着有一天能全家团聚。分别多一时，想念便多一分，离相见亦近一分。在颠沛流离的岁月，总会期许着突如其来的拥抱，抬头恰是想念已久的人儿。可现实总有着太多分别，太少团圆，一切总不会那么如意。二姐盼望了许久，未承想得了伤寒病，一切猝不及防。消息传到北京已经过了些时日，母亲听到后十分不安，立刻动身前往上海。奈何天公不作美，天津发大水致使火车不通，唐须荌只好坐船去上海。

几经周折的唐须荌终于到了上海，匆匆忙忙赶往医院看到的却是弥留之际的女儿。二姐一直拉着母亲的手哭着，连话都说不出。母亲看着目光涣散的二姐，心头也阵阵痛意，她知道女儿救不回来了，一时之间各种各样的情绪包裹着她。她们就这样拉着手，悲伤和不舍萦绕心中，只能泣不成声。二姐最终还是去了，母亲为此几乎哭坏了眼睛。杨绛也暗自难受，她还未能与二姐携手共度，二姐还未看她长大，她知道家中自此失去了一个重要的人，她们都会想念她。

二姐去世后，家中又迎来了新的危机。杨荫杭为官刚正不阿、一身正气，他传讯了贪污巨款的交通总长许世英。许世英背景复杂，关系众多。杨荫杭传讯许世英后接到许多上级电话，他依旧不为所动，最后被停职。本就不富裕的杨家陷入了困境。杨荫杭最终认清了现实，不再在这黑暗的沼泽中挣扎，递上一纸辞呈断然离去。

父亲的辞呈还未批下来，一家人就已经做好了回南的准备。杨绛知道自己要离开现在住的地方了，具体要去哪儿她是不知道的。想到要离开，她心下便多了份惆怅。真正离开的时候，杨绛脑中一片空白，她只知道要离开却不知道究竟是哪一天离开。当这一天来临的时候，她毫无准备。杨绛知道自己必须跟着父母一起回南，可她还未向这里告别，未向班里的同学告别，心里总有些不甘。在路上杨绛遇到一个并不算要好的同学，却十分想让他带句话给班里的伙伴，告诉大家自己回南了，然而却不能。

车站人头攒动，有许多人来送父亲，挤满了月台。杨绛看到此情此景对父亲的敬佩之情油然而生，父亲在她心中一直都是高大的榜样。离别总是让人难过的，杨绛还不知事，坐上火车看着窗外远去的风景心中也有着难舍的情绪。杨绛不知道前方是哪里，但和家人在一起总是安心的。这时候杨绛又多了两个弟弟和一个妹妹，一大家人十分热闹。杨绛没想到，一向能干的母亲上了火车后整个人都蔫了，娇弱得不像话。母亲晕火车晕得厉害，时不时还会呕吐。反观父亲倒是不紧不慢地照看着一切，没有一丝紧张之意。面对大堆的行李和几个孩子，父亲显得从容不迫。

火车向前开，记忆向后倒退。每前进一步，都离未来近一步。火车到天津后，一家人转水路坐船去上海。在海上的时间是漫长的，杨绛一会儿和姐姐说会儿话，一会儿逗弟弟妹妹玩。父亲和母亲一直在讲话，不知道在商量什么事。百无聊赖之下，杨绛偷偷跑到甲板上，蔚蓝的天空下碧水清波，飘浮的云朵在她的脑海中闪现出各式各样相似的东西。晚上海风徐徐，远处灯火闪烁，一弯月亮独自浮在空中显得有些孤独，杨绛想，还好自己有一大家人。那时，她还不知道什么是漂泊。

漫长的回南之旅还没有结束，杨荫杭要带着一家人从上海再次转船前往无锡。一家人挤在船的前仓，行李堆在后仓。几经辗转，杨绛一家人终于到了无锡。他们住进了事先租好的房屋，初来乍到的杨绛又被眼前的江南风光夺去了目光。这里与北京的景象完全不同，烟雨朦胧间透着柔美。小桥流水人家，一派浑然天成的画作映入眼帘，杨绛看着便入了迷。杨绛喜欢正在住的房子，因为她可以看到过往的船只。船只划过水面，也划过杨绛的心，这是她在北京从未见过的场景。一有空，杨绛就会站在桥头看来来往往的船只，不知船只从哪儿开来，又开往哪儿，她喜欢静静地看着，记住船只泊过的每个瞬间。

杨绛在水岸边看着风景，天空与水交相辉映，船只拨动着水流的情愫，也缠绕着她的心。她仿佛被这景吸走了魂，每天的遥望却不曾让她厌倦。父母却不满意这处住所，他们打算另找一处房屋租住。有了这样的想法，父母便开始四处寻找合适的房屋。

有一天，父母一同去看房屋，也带上了杨绛。未曾想缘分在这时便留下了印记，等着数年后再次掀开重逢。他们去看的房屋恰巧是钱家的旧宅，杨绛未在钱家见到钱锺书。也许就在转角处，他们擦身而过，未曾留意。最后杨绛父母并未租住于此，杨绛对钱家旧宅却有着很深的印象。直至多年后，他们携手并肩，杨绛还向钱锺书讲起她记忆中高大的粉白墙和枝叶繁茂的树木。

不经意的相遇与错过都是命运埋下的种子，终有一天会开出花，结出果。

到了新的地方，上学自然不出意料地成为杨绛的头等大事。杨家住处附近原本有一座大王庙，后改为学校，叫大王庙小学。这所学校只有两位教职员，包括一位校长。杨绛就近作为插班生进入大王庙小学就读，被插入最好的班级。大王庙的老师被学生戏称为“孙光头”，因为他手中的藤条，学生大多都不喜欢他。全班学生都领教过他那根藤条打在头上的感觉，唯独杨绛从未挨过打。女生们还将“孙光头”的画像贴在女生间（女厕所）。从“孙光头”这儿学到过什么知识杨绛后来已完全记不清了，只记得他曾经将“子曰”解释为“儿子说”。

杨绛只在大王庙小学读了半学期，这里留给了她许多欢乐。比起读书，大王庙小学的生活更像是与同学间的一场嬉戏。认真与不认真的回忆，在那些时光里都成了后来闪亮的日子，带着天真无邪。比起小学，那儿大概更像是大王庙。

有“孙光头”的怪声读课文和一知半解的翻译，还有类似揉肚子的体操等啼笑皆非的事情。多年后回想起来还是带着那份欢乐，快乐的时光总是意义非凡的。

欢乐的时光还未尽兴，杨家又迎来新的考验。父亲杨荫杭病倒了。杨绛与父亲感情是极深厚的，看着父亲卧病在床，杨绛心中十分不好受。生命让人畏惧，有时无论怎样拉伸都有韧性，有时轻轻一碰便随风四散。父亲不相信中医，固执地守着自己的信念。无锡当地几乎没有西医，好不容易才找到一位外国西医前来，随即抽血送往上海检查。父亲的身体越来越糟，上海化验的结果终于出来了，结果却什么也没查出。一家人变得十分焦急，母亲更是急红了眼。

夜晚杨家灯火通明，一家人围在父亲床边，好似只要灯火够亮就能让黑暗退去，内心足够虔诚就可以驱走缠绕父亲身上的病魔。明亮的火光映着父亲的面庞更加憔悴，母亲低低抽泣的声音越发衬出一地悲凉。一轮明月挂在天边，这一夜月亮是圆的，月下人的心却好似缺了一块。月光泻下，一地清明，倒映在地上的树影与阴影交汇，陷入一片黑暗。夜变得漫长，人不曾离去。

杨荫杭病得着实严重，唐须荽便自作主张请了一位有名的中医来诊断病情。中医诊断出是伤寒，表示自己已无力回天，任唐须荽再怎么恳求也没有用。唐须荽并不死心，又去找了杨荫杭的老朋友华实甫。杨荫杭的确是病得太严重，华实甫开了一张药方给唐须荌，一切似乎都要看造化了。这张药方仿佛是唐须荌能抓到的最后一根稻草，她每天按时熬药，日以继夜地照顾着杨荫杭，事事亲力亲为。不久后，杨荫杭慢慢好了过来，大家纷纷说这是母亲的功劳。命运的安排有时便是如此，像风吹动着漂泊在大海上的船只。所幸人们可以做自己的船长，避不开狂风暴雨也可以掌控船行进的方向。

杨绛后来说："我常想，假如我父亲竟一病不起，我如有亲戚哀怜，照应我读几年书，也许可以做个小学教员。不然，我大概只好去做女工，无锡多的是工厂。"

风吹过时间隧道，岁月的长歌轻轻吟唱，缝进难以忘怀的那些花间，散发着缕缕清香。时间逝去，城市变迁，少时夹杂在梦中的笑脸时不时还出现在眼前。南与北，一程又一程的路，走过的还有寸寸不舍的光阴。浸透在回忆里的骄阳似火和大雪纷飞终有一天交融，成就一片春暖花开。

大王庙小学留给了杨绛许多欢声笑语，却始终不是真正可以学习的地方。父亲杨荫杭自然也看出了这点，比起与小伙伴开心地玩耍，他更希望女儿能够接受进步的思想，学习科学知识。上海的启明女校是个不错的选择，杨绛的姑母和姐姐们都在那儿上过学，大姐还是启明女校的教职员。杨绛决定跟着大姐一起前往启明女校读书。在杨绛临走前，母亲在房间里拉着她的手，再三询问道："阿季，你打定主意啦？"

杨绛点着头回应，强忍着不让眼泪流出来。想到要离开母亲，杨绛心中便感到难过。从小到大，她还未曾尝过离开家的滋味。眼泪还是顺着眼角流了下来，幸好房间暗，母亲没有注意到。杨绛以前从来都是明着哇哇大哭，这是第一次暗地里偷偷哭，不让母亲看了心疼。昏暗的房间里，杨绛拽着自己的衣角，看着母亲的面庞，死死地咬住牙不让自己出声，她怕一出声便是抽泣。即将离开家了，杨绛说不出自己的情绪，只清楚地感觉心里正五味杂陈地翻滚着。这与她从前离开任何一个地方感觉都不相同。那时父母总在她身边，再远的路她也不怕，而今到学校后便只有自己，杨绛多少有些害怕。

从未离开过家的女儿要走了，母亲也有着一份怅然，但也知道这一步杨绛迟早要跨出去。母亲特地准备了一个小箱子给杨绛装自己喜欢的物件，还拿出了一枚银元给杨绛，让她在需要的时候用。杨绛知道这枚银元包含了母亲的关怀和思念，她将银元好好收在了身上。就这样杨绛离开了家，前往上海启明女校上小学，在往后的日子里杨绛第一次懂得了什么叫乡愁。

杨绛已不是第一次来到上海这座大都市了，仍旧被这座有着"东方明珠"美誉的城市深深吸引。灯红酒绿的夜晚，繁华从未在这里落幕。它是一座不夜城，有着地道的东方风情，各式各样的大场面每天不知要在这里上演多少。这座城的韵味就这样一层层被筑起，人们也乐此不疲。启明女校在杨绛眼中也成了未见过的城堡，有着新奇的魔法。其实启明女校不算是十分大的学校，只是比起大王庙小学要华美恢宏许多，启明女校的一些教室只一间便大过整个大王庙小学。杨绛曾在《我在启明上学》中写道："我们教室前的长走廊好长啊，从东头到西头要经过十几间教室呢！……教室后面有好大一片空地，有大树，有草地，环抱着这片空地。还有一条很宽的走廊，直通到'雨中操场'。空地上还有秋千架，还有跷跷板……我们白天在楼下上课，晚上在楼上睡觉，二层楼上还有三层……"

如同杨绛的回忆一般美好，在启明女校的三年时光使杨绛成长了许多。一开始，杨绛对启明女校带着一颗好奇之心。长长的走廊、大片的空地，不曾见过的建筑风格都让杨绛觉得新奇。启明女校是一所教会学校，有专门的修女来负责孩子的学习与生活，孩子们亲切地唤她们为"姆姆"。同修女问好时不用说"你好"，而是说"望望姆姆"。和杨绛以前上过的学校相比，启明女校规矩更加多而严。不过这些从来难不倒杨绛，她乖巧的一面在哪里都是讨喜的。不少孩子因为没有遵守好规矩而受罚，而杨绛从未受过罚，反而为许多修女所喜爱。启明女校课程也更加丰富，除了基础课程和外语，还有许多绘画课程，甚至还有钢琴课。

自修课在孩子们眼中是无甚趣味的，在姆姆眼皮下一板一眼地坐在课堂里看书实在枯燥。姆姆严肃的模样让同学不敢轻举妄动，但如此安分守己地读书似乎也不是孩子的天性。于是大家想出一个办法，以上厕所一类的理由出去玩耍一段时间再回课室。为了避免姆姆们的怀疑，要出去的同学也都相互错开，不一窝蜂地往外跑。杨绛最初也这样偷溜出去玩耍。刚从教室出来的杨绛像被放出笼的鸟儿，在操场、空地四处走着跑着，呼吸着自由的空气，等时间差不多了再回去。时间久了，杨绛渐渐不再这样了，她已经可以静下心在自修课时看书了，并渐渐喜欢上了读书。

启明中学每月都有“月头礼拜”。杨绛《我在启明上学》里还有这样的记载：学校每月放假一天，住在本地的学生可由家人接回去。这个假日称为“月头礼拜”。其余的每个星期日，我们穿上校服，戴上校徽，排成一队一队，都由姆姆带领，到郊野或私家花园游玩。这叫作“跑路”。学绘画得另交学费，学的是油画、炭画、水彩画，由受过专门教育的姆姆教。……吃饭不准说话；如逢节日，吃饭时准许说话，叫作“散心吃饭”……

每逢“月头礼拜”同学们都欣喜万分，可以回到家中同父母在一起。小孩子都是念家的，一月一次的归家成了同学们内心最期盼的美梦。和同学们相反，杨绛并不喜欢“月头礼拜”。平常在启明和同学们一起学习玩耍，听姆姆们的谆谆教导，杨绛觉得生活是有趣味的，学习也如一座翻不完的山，她愿意前行。可到那一天同学们都回家了，学校冷冷清清，一切都变得无聊了，那一天也变得十分漫长。她也想家，但只能留在学校一个人静静地待着，杨绛内心沮丧极了。

当时父亲虽同在上海，但在《申报》工作繁忙，休息日杨绛便只好待在学校。大姐有一次曾偷偷带着杨绛去找父亲，两姐妹轻手轻脚地来到父亲办公桌前。父亲抬头看见两姐妹惊讶不已，随后又笑逐颜开。杨绛与父亲感情很好，许久不见自然想念，看着父亲的面庞，杨绛数月里在学校酝酿的那份伤感忽而不见了，只剩满脸的笑意。父亲看着眼前的两姐妹也心头一暖。

春雨如酥，随风洒落在大地。离离青草冒出了头，每一棵都风景独好。学生时代，每个人都如新生的嫩芽，怀揣着各自的梦，以期许眺望远方。那时心中最简单的那份心思都成了怀抱中纯净无瑕的美丽。种下的每一颗种子，都结出了果实，成了日后的整片花园，缤纷多彩。飞舞着的花瓣散落空中，追着其中一瓣一直跑向前去，却感受不到它落在掌心的温度。那朵花最后将留在记忆深处，不知得到与否，留一场美梦翩翩起舞。

# 书香流淌的辗转时光

夜晚在任何地方抬头看天空，都是一片浩瀚无垠。有时星星多衬得夜十分璀璨，有时什么也看不见，只有一席黑暗。同一片黑夜，不同的风景。有的被称为星空，有的被叫作夜空。每个人的人生也不尽相同，甚至千差万别。人们打开一扇扇门从最初走到最终，经过许多不同的选择通往不同的门。在交错的一扇扇门背后，被连在一起的叫作人生。最初的那扇门是一切选择的开始，明亮而显眼，踏过门槛后风景万千。杨绛无疑是幸运的，父母为她打开的那扇门比星空更加璀璨。

父爱如山，这份深沉的爱始终贯穿在杨绛的生命之中。上海求学之时，杨绛与父母见面次数不多，但每一次都是心中的暖流，温暖了所有逝去的岁月。杨绛第一次吃西餐是在上海，父亲带着她和大姐一同前往，三人之中唯有她是第一次吃西餐。上餐后杨绛看着面前的刀叉有些手足无措，父亲意会到了，便示范给她看。杨绛学着父亲的样子吃了起来，她吃起西餐来十分可爱，比起父亲的井井有条，杨绛毫无章法。父亲没有笑话杨绛，而是用一种很慈爱的目光看着杨绛将盘中的食物放进嘴中，吃得有滋有味。杨绛还边吃边喝汤，像吃中餐一样。她不知道西餐的汤是一次喝完的，服务员来来回回好几次都无法撤掉她的汤。直到父亲发现后告诉杨绛不必把汤全部喝完，杨绛听到后倒是有几分不好意思。这件事后来还时不时被杨家人翻出来说笑，这也是杨绛特别的回忆，包含着家人的爱。

父亲在上海任《申报》主笔的同时还是一名律师，在打官司中见到了太多社会的黑暗面，这促使父亲决定离开上海。杨绛在启明女校的学习随着父亲离开上海也告一段落。12 岁的杨绛到了上中学的年龄，随父亲回苏州后便就近在振华女校上中学。中学时代像花季来临前刮过的一场春风，花儿已含苞却未绽放，弥漫在空气中的想象可以通往任何地方，哪里都是一片芬芳。已逝去的灿烂年华在日后回忆起来，连当时羞于言语的种种都成了唇边的一抹笑。

时光往回走，停留在振华女校的时光如一抹光影洒在回忆的墙上，倒映着斑驳流年。杨绛在振华女校读书时章太炎先生曾来到学校演讲，这次演讲在杨绛记忆里留下了十分深刻的印象。杨绛难以忘怀的并不是老先生充满哲理意味的话语，而是那时自己飞奔离去的身影。记得听到章太炎先生要来学校演讲时，杨绛同其他同学一样激动。学校安排杨绛作为学生代表做记录，杨绛毫不犹豫地答应了。可一切似乎不是杨绛想象中那么简单。

演讲当天，杨绛赶到会场时已然不早。她有些急躁地找着自己的座位，杨绛原本以为自己只要和其他同学一样在台下听并且记录就可以，不承想工作人员将她带到了台上，校方专门安排了一个离章太炎相近的位置给她。坐在台上的杨绛看着下面密密麻麻的人，不由得心生了怯意。平时总是淡定自若的她手心开始冒汗，每看向人群一眼，便紧张一分。这种紧张到演讲开始也未能消除，章太炎开始讲话后台下的目光越发热切，杨绛受不了这如火的目光，只好一直盯着章太炎看，直到老先生频频回首看向她才作罢。

让杨绛更加手足无措的是她无法完全听懂老先生讲述的内容，一个个深奥的句子在她头脑中打转，晦涩难懂。面对眼前的白纸她不知如何是好，杨绛飞快地转动脑筋，想要写出章太炎演讲的内容，可一个个词偏就卡在心中写不出。似懂非懂的感觉让杨绛的笔头打了结，内心充斥着焦急和羞愧。原本校方也只是想让杨绛记上几笔就好，完整专业的记录自然有老师来记。可杨绛不知道，心思单纯的她只想写好这份记录，从未想随便来写。演讲结束后，杨绛实在是羞于面对那张白纸，将白纸交给工作人员后便夺门而出。在同学看来也许这是件好笑的事，但于杨绛而言这事必须得认真。这份认真的态度，只属于年轻人。

朴实无华的过往雕刻着平淡的岁月，多年以后翻开曾经的篇章，少女时的花期始终是最美的梦境。仅此一场的花开，所有的尘埃都成了点缀化为养分，连花落都是一地缤纷。那场梦其实是最真实的过往，平凡而难忘，散落在中学时代的每一处风景。

小时候，孩童在父母的爱中奔跑；懂事后，孩子在父母的教育中成长。家庭教育是孩子学习的初始，在孩子的成长中起着举足轻重的作用。最初的时光，一切都是轻而易举就可以做到的。一个拥抱就能让整个世界带上阳光的温暖，抵抗日后的寒风凛冽。一番话语便能带他们通往截然不同的道路。多年后，一览众山小抑或是兜兜转转于方寸之间，与最初对世界的认知脱不了干系。杨绛的“贤”与“才”得益于父母的谆谆教诲和言传身教。

在那个时代，家庭教育大多还是十分死板的。有不少人家依旧抱着四书五经，即便上了学也要规规矩矩的。杨绛的家庭是新式家庭，父亲十分不喜旧式古板，崇尚西方思想。因此，杨家的教育也十分“开明”，从不要求子女一定要做什么，给予子女自由发展的空间，视男女为平等。杨绛生在这样的家庭，自然生出了包容的性子。杨家父母对子女的宽放并不意味着不闻不问，让子女由着性子来。他们总是在那些关键的时候站出来告诉孩子该怎么做，不该怎么做。他们愿让孩子们做海底的鱼、天空的鹰，自由自在。他们也时刻关注着孩子，让孩子们游得更远，飞得更高。

在不少人眼中，人生如同一场比赛。在赛道上起点各异，终点亦不同，竭尽全力努力奔跑才是好的人生。父亲从未如此看待人生这件事，开心地过好每一天便足矣。他不像许多父母那般在意子女的成绩，也不督促子女用功学习，秉承“顺其自然”的宗旨。甚至父亲还有一个“歪论”，他认为女子不必太过于用功。父亲曾向杨绛讲起他在国外的许多读书厉害的女同学都年华早逝。父亲虽不看重成绩，杨绛却也未贪玩，成绩一直名列前茅。

杨绛记忆中，父母的教育始终是理性而温暖的，总是能在黑暗中为她点上一盏明灯，使她有了前行的方向。在骄阳似火、暴雨如注的日子，心底的温暖让她有力量继续前行，不倒在一地泥泞间。父母的教育并非只停留在口头上的说教，身教比言传更加亲切。

16 岁时，杨绛升入振华女校高中部已有一年。当时正值北伐战争，炮火阵阵，处处弥漫着硝烟，这片土地所要遭受的苦难才刚刚开始。荒凉之地并不少见，战争带来的残酷更为触目惊心，千疮百孔难以忘记。不久后北伐战争胜利，全国各地都有许多学生运动。苏州街头也时常有学生游行宣传，时不时还开场群众动员大会。振华女校学生会也要求学生们上街游行宣讲，杨绛被推选参加游街活动。同学们觉得杨绛是十分合适的人选，但杨绛内心深处是抗拒的，她并不愿意去。

杨绛并非对北伐战争有不同的看法以至于不愿上街宣讲，而是对于游街宣讲这种形式有自己的担忧。杨绛个子矮，她怕自己在街上没有丝毫气势，讲起话来会脸红。又怕如果自己站在凳子上，周围的人会围作一团调笑，肯定不会有什么人来正经地听她讲话。加上当时苏州风气不好，街上男子会轻薄女子，杨绛便更加不愿意去了。可校方的安排，她又不能因为自己的喜好而不从，她没有想过跟老师说自己不愿去的真实理由。有许多女学生以家中不同意为由拒绝了，这个理由老师是接受的，毕竟的确有许多女同学是旧式家庭里的小姐。杨绛心中动了这个念头，她想父亲一定会同意，如果她不想参加父亲一定支持她。

带着心中冒出的主意，杨绛欢喜地回到家中找父亲商量游街的事情，心中的担子总算是放下了，杨绛感觉一身轻松，空气也变得清甜了。杨绛把游街宣讲的来龙去脉和自己真实的想法都向父亲一五一十地讲了出来。在学校的安排和自己的不喜之间，杨绛希望父亲可以同意以家庭的缘由来拒绝这次活动。父亲支持杨绛不去参加游街，却反对用自己的名义来帮助杨绛。杨绛十分不解，她以为只有用“家里不同意”的理由才可以不去。父亲说：“你不想去可以，但不要用爸爸的名义。你有理，也可以说，去不去在你。”

杨绛心头一愣，她从未想过理直气壮地跟老师讲她不赞成。父亲紧接着向杨绛讲起了发生在自己身上的事情。在他担任江苏省高等审判厅厅长时，张勋打败了某个军阀顺利进京，江苏当地的乡绅联名登报以示对他的欢迎。父亲的一名下属并未问过他的意见便将他的名字也登了上去，想必是知道他的性情是不会同意将名字登上去的。下属原以为名字已经见报，父亲顶多言语上说道几句便作罢。未承想父亲竟然不通人情世故到亲自登报表明自己不在欢迎之列。

听完父亲的往事，杨绛明白了自己应当怎么去做。只要自己认为是对的，有自己的道理，去做就好了。无须在意旁人怎么想，看戏的人只看得到一出戏，哪里知道演戏的人心中在想什么。比起众人的口水，守护心中的纯净更重要。在自己一定要为自己挺身而出的时候，千万要鼓足勇气别松手。杨绛到学校后跟老师说自己不赞成所以不去，老师生气却又无可奈何。后来上街游行果真出了杨绛所担心的事情。人生路上总有人多的时候，可不能总是跟着人群前行。无论路多么崎岖、多么黑暗、多么人迹罕至，只要是心头爱，向前走上几步又何妨。这份坚定在往后的岁月中让她从未牺牲自己的真实想法做出过让步，她知道自己喜欢就够了。

父亲还是包容的，会用幽默风趣化解许多事情，让杨绛不去在意没那么美好的生活细节，反而把其当作一件趣事。三姑母杨荫榆在北京留给幼时杨绛的印象还是美好的，杨绛长大后却觉得三姑母越发古怪了。三姑母年轻时不满包办婚姻，与夫家断绝了关系，后出国留学。命运几经辗转，三姑母最终回到了苏州，在一所中学教学。杨绛经常被三姑母抓去做事，杨绛帮她做过女红，那次三姑母怕赶不及也上阵帮忙，结果绣得并不好。三姑母叫杨绛帮忙改过一次试卷后看杨绛改得快，便每学期都叫她来改。三姑母嫌弃外面的理发店不干净，便找她来剪头发。此后父亲看到三姑母来家中便调侃杨绛说："你的好买卖来了。"杨绛听了倒觉得姑母的种种麻烦事都多了一分趣味。

云走过，大地在笑。和母亲在一起的日子如一场雨滋润着余生。杨绛的"才"离不开父亲的指点，那么"贤"必然是受母亲影响。母亲在家中总是一刻不得闲，将事事都处理得井井有条。

多年来，母亲的所作所为潜移默化地影响着杨绛，如一室兰香，在其中待久了身上便也多少沾染上了清香。母亲是杨绛见过的最贤惠的女人，杨绛常常将母亲的举动记在心中，想要将来做一个母亲般的女子，至少要有这样的一面。曾经在父亲外出留学时，母亲便一人照顾婆婆和孩子们，不吵也不闹，只安心守好这个家。从嫁给父亲开始，母亲便一直操劳着家中的一切，数年如一日，心甘情愿。这般贤良淑德无人不动容，杨绛自小看着母亲每日的生活也有了一颗慧心。

母亲待人极为友善，而两个姑母性格古怪，十分严苛，家中时常有下人受不了辞工离去。姑母们在家更是什么都不做，大事小事全由母亲一人担着，仿佛是远道而来做客的。然而母亲始终一如既往地对待两个姑母，毫无怨言。这使还未长大的杨绛既困惑又佩服。对孩子们的教育，母亲更关心生活方面，帮助孩子们树立好的品德，勤俭节约就是其中一项。比如，母亲怕孩子们乱花钱便让孩子们把零用钱先存放在自己那儿，有需要时再来拿。当孩子们有想买的东西来拿钱时，母亲也会直接给钱而不问缘由。母亲还喜欢看书，时不时看看父亲买给她的大字抄本的《红楼梦》《聊斋》，有时还与杨绛一同讨论女作家的文风。母亲知书达理又眼光独到，是杨绛眼中这世上最好的女子。

父亲与母亲均是淡泊名利之人，这一点杨绛也极为相似。父亲曾说："我的子女没有遗产，我只教育他们能够自立。"杨绛也不曾辜负父母的这般苦心，在岁月缝隙里练就了一身好脾性。岁月穿梭回旧时光，父母的爱成就了杨绛满天的星光闪烁。步履匆匆，渐行渐远，忘不了那时星空璀璨，照亮通向未来的路。她也曾独自摸索走过许多漆黑的夜，不曾湮灭的是心中那束光。

# 第二章

## 遇见

惊艳的刹那时光，流淌的多彩梦幻

# 岁月静好，时光翩然

夏天的风吹过，梦里花落无声。一地春光褪去，阳光的热烈诉说着万物的茁壮，这是生命力最旺盛的季节。栀子花开得正好，清香飘荡在整个校园。青春的离歌伴着花香在耳畔环绕，照片中灿烂的笑脸印在了面庞，时间停留在那一刻，永不褪色。手挽着手，肩并着肩走在鹅卵石小道上，兴许转身便是告别。炙热的天气，使一切都多了一层颜色，连告别也像喝了酒般多了份浓烈，不肯挥手离去，似是不再相见。原来每个夏天都有着许多别离，伴着栀子花开。

时间总是匆忙的，来不及等待，只能马不停蹄地前行。转眼间，杨绛已在振华女校学习了五年。流光间处处溢彩，飞逝而去的光阴留下了知识的芬芳。杨绛成绩优异，五年的学习使她有了扎实的国文和外文知识基础。她喜欢读书，也喜欢外文，她还不知道未来这些都会在她的生命中留下印记。她像在花间采蜜的蜂，只想着填饱肚子，未曾想蜂蜜是勾人味蕾的食物。振华女校的课业原本需要花六年时间才能读完，杨绛在第五年便可毕业。经过许久的思量，杨绛决定提前一年毕业。1928 年夏，杨绛结束了自己的中学时代。花香弥漫在鼻尖，杨绛独自离开校园，将一草一木留在心间。教室内依旧书声朗朗，只是少了一个杨绛。

彼时中学读完后继续读书的女孩子并不多，毕业后大多有两种选择。要么找户好人家出嫁为人妇，要么找份工作自力更生。旧时的思想依旧禁锢着许多人家，女孩儿十几岁嫁人是常有的事，读书只是生命过往的一缕轻烟，风一吹便散了。学以致用从事一份略有文化的工作也是不错的选择，家里对女孩子在事业方面总是要求不高的。杨绛父母不急着让杨绛嫁人，亦不着急找工作之事。他们尊重杨绛的想法，也更加希望杨绛继续读大学。如果成功通过入学考试，杨绛将是杨家儿女中的第一个大学生。杨绛喜欢读各类书籍，自然也想继续上大学。

斑驳的岁月间，总有些梦想深藏其中。一双手细细呵护着梦想的幼苗，生怕一不留神便枯萎了。那时候，心中的一丝绿意，就撑得起漫漫长路。杨绛的梦在清华。回想起童年的脚印踏过紫禁城前的每一方土地，杨绛便心生眷恋。干燥的空气洒在鼻尖，抬头便是万里晴空。路边的冰糖葫芦也是最甜蜜的记忆，忘却不了的味道总是唤醒她心底最深处的记忆。她想再去看看那处风景独好，她愿迷失在一条条胡同里，这一切原本就交织在她的生命中。北京城的魔力她抗拒不了，她从未去过清华，却心恋清华。

在杨绛心中，清华和北京是连在一起的，这四个字无数次出现在她的心头，回响在她的耳旁。一次次轻声细语的呼唤是内心最恳切的希望，她愿自己再同儿时一般，欢快地同那片土地拥抱，亲吻夜晚的星空。可这席美梦，在那一年终究还是落空了，只留一地倒影期许日后回眸。

命运的转折总是出人意料，清华大学恰好从杨绛中学毕业那年开始招收女学生，可惜在上海却没有招生名额。杨绛心中失落极了，清华梦依旧只能是梦。人生就像在大舞台上正在上演的一出戏，千姿百态。须臾间，剧情跌宕起伏。清华大学第二年便开始在上海招生了，杨绛的同学有几个去了清华读书。如果当初杨绛不早一年毕业，想必也是能去的。清华梦种在杨绛心中太久太深，早已成了一份执念。任命途多变，几年后杨绛兜兜转转最终圆了自己的清华梦，还遇见了意中人，等待总是有道理的。

北京城的时光倒影同现实不得不拉开距离，暂别清华梦，杨绛要做出新的选择。她深深思恋傍晚被霞光笼罩着的北京城，也知道世事无常。她明白眼前事才是她最应该花费心力去照看的。清华大学已无可能，对北京城只能徒有思念。她要在金陵女子文理学院和东吴大学之间做选择，前者在南京，后者在苏州。这两所学校口碑都很不错，形式与风格却有着极大的不同。金陵女子文理学院偏向于传统，学校学生均为女生，相对封闭一些，不能经常与外界接触。东吴大学是教会大学，男女同校，思想更加自由，教育也更偏西式，学校氛围比较轻松，可以接触到许多新鲜的人和事，自然也能交到许多朋友。杨绛再三斟酌后选择了东吴大学，家人也十分支持，大学生活慢慢拉开了序幕。

秋天来了，伴着风散落一地缤纷。风起叶落间，又是一场新的前行。杨绛走在东吴大学的校园，心中掺杂着许多情愫，她知道渴望已久的梦要暂时收在心底，她即将开始一段始料未及的人生旅途。天高气爽，微风阵阵，怀抱着美梦住进新的花香小屋。少女浅浅的足迹印在校道，也将风景尽收眼底。姑苏城里的新生活又是一次花开满园。

杨绛进入东吴大学时，东吴大学也是刚开始招收女学生，还没有设专门的女生宿舍。好在招入的女同学并不多，住处安排起来也不会太困难。杨绛和其他女同学被安排住进一座小洋楼里，虽几人同住一间，倒也不拥挤。这座小洋楼原本是一位外籍教授的寓所，教授离开后空了起来，校方便将这里改为了临时的女生宿舍。杨绛在启明读书时住的也是西式建筑，宿舍就在教学区上一层，但不如东吴大学独幢的小洋楼惬意。

小洋楼周围有许多花草，推开窗眼前一片怡人景色，藤蔓顺着墙爬上了窗。清晨有时听得见鸟叫，像生活在别致的园林中一样。幽静风雅的环境总能让少女们感到愉悦，住在小洋楼的每一天心情都分外好。室外是动人的风景，室内是简单的陈设。宿舍只有桌椅和床铺，杨绛和同学们却住得十分开心，昏暗的光线在她们眼中成了独特的温馨。杨绛对生活本就淡泊，表面上的什物她从不在意。女生们在一起总有说不完的话，时间伴着悦耳的笑声从小洋楼溜走。

一年后，杨绛与朋友换了宿舍，住在教授男仆从前的房间。房间不大，好在十分安静，很合杨绛的意。这样她可以在空闲时读本好书，累了也可以睡个好觉。一切都是如意的。东吴大学的时光一点点从指缝间溜走，在宿舍的时光温暖而难忘。

东吴大学采用西式教学，十分注重体育锻炼。杨绛身体偏瘦弱，个头又小，在东吴大学良好的氛围中，体育运动燃起了她的兴趣。杨绛积极参加体育活动，报名参加了排球队。杨绛的大学生活为她注入了新的活力，除了埋头在图书馆读书以外，运动场上尽情地奔跑、跳跃也为她带来了许多欢乐，在青春年华留下了不可磨灭的印记。每一次的发球、接球都是内心深处的呐喊，划过高空落向未来，带着期许。

杨绛虽看着瘦小，当时在排球队却打得不错，还代表学校与其他学校打过比赛。对自己曾经在排球队这件事她始终津津乐道，她曾经还专门写过一段文字来回忆：“我们队第一次赛球是和邻校的球队，场地选用我母校的操场。大群男同学跟去助威。母校球场上看赛的都是我的老朋友。轮到我发球。我用尽力气，握着拳头击过一球，大是出人意料。全场欢呼，又是‘啦啦’，又是拍手，又是喜笑叫喊，那个球乘着一股子狂喊乱叫的声势，竟威力无穷，砰一下落地不起，我得了一分（当然别想再有第二分）。”她还写道：“当时两队正打个平局，增一分，而且带着那么热烈的威势，对方气馁，那场球赛竟是我们胜了。”

青春的回忆里处处是芬芳，过往岁月中的那次球赛在杨绛脸上留下了如花般灿烂的笑容。少女的懵懂时不时爬上心头，眼中的明亮映衬得一切都成了简单的童话，那时的欢乐是最纯真的梦。

大学一年后，要选择文理科。这对杨绛而言是一道难题，她文理科中没有任何一科格外突出，也没有一科十分差劲。杨绛的成绩十分均衡，也都在优秀之列。老师们认为她是棵好苗子，学习理科更有优势，前景也更好。杨绛喜欢文学和外语，可东吴大学文科只有法预科和政治系两个系。杨绛不知如何选择，陷入两难境地。回到家中，她赶忙找到父亲询问选择文理科的事。父亲回答说：“没有什么该不该，最喜欢什么，就学什么。喜欢就是性之所近，就是自己最相宜的。”

听完父亲的一番话，杨绛的困惑并没有消除，反而更加迷茫了。自己喜欢文学课，喜欢看小说，难道窝在图书馆看书就可以了？杨绛当年想要报清华大学外文系，但东吴大学没有外文系，她依旧不知道如何选择。杨绛又仔细思量了父亲的一番话，她有些明白了。结合东吴大学的现况和自己的喜好，她决定选择文科。起初她想要去法预科学习，这样一来她便可以做父亲的助手，接触到社会上形形色色的人，这些经验还可以成为她将来写小说的素材。

杨绛的想法遭到了父亲的反对，父亲不赞成女儿走自己这条道路，他见到了社会太多的病态和黑暗，不想女儿也一样。伸张正义并非简单的事情，随时有可能遭到迫害，加之当时社会女律师极其罕见，父亲不愿看女儿走这条充满艰险和坎坷的路。最后杨绛选择了进入政治系，这让老师们感到惋惜。在老师眼中杨绛浪费了自己的才华，对杨绛而言，她选择了自己更加喜欢的道路。这条路不是政治，而是清闲时间她停留在图书馆所学到的知识。

布满青苔的小道，行人撑着油纸伞遮挡着蒙蒙细雨，那一刻恰好路过。行人也许喜欢它的柔美，也许不喜它的温吞。世间有许多路，羊肠小路或康庄大道；也有许多风景，艳阳高照或寒冬飘雪。每个城市，每条路都有人在走，同一时刻人们走过不同的路，看到不同的风景，留下不同的足迹，也许因为喜欢，也许是为了其他。每个人生命的历程不尽相同，每一段都难能可贵。愿走过的每条路在回忆时还能心动，说出口时依旧理直气壮。

# 难以揣度的未来

记得在儿时，父亲手中总拿着书，两指间轻轻搓动便翻开了新的篇章，翻过一页又一页，便看完了整本书。听大人说，读完一本书就能看到一个人的一生。那时的杨绛还不懂父亲书房里的书同母亲床边的话本子有什么差别。上学后，杨绛翻动着自己的课本，她似乎知道了什么是书。长大后，杨绛沉溺在书的海洋中，每一本都是一个新奇的世界。墨和砚石亲昵地研磨，墨色的液体渐渐渗出，香味飘在整间书房。书香也飘荡在杨绛的小小世界，布满了整个似水年华的记忆。

庭院里，风吹过带来一丝微凉，书的页角被轻轻吹起，又被少女抚平。天色渐渐变黑，少女才起身回屋，沉浸在书中的国度，时间总是被忘却。柳枝随风起舞，少女的心也不安生。她抬头望向天空，想着书里的故事，又想着自己的过往。她有时不明白主人公的作为，有时又钦佩主人公的种种。她想自己的人生也该有些故事，又想一直过着现在的生活，读书、上学、依偎在父母身边，偶尔还要撒个娇。云的形状让她联想到书里描述的一处风景，美丽动人的场景令人容易陶醉。如果可以，她将来也要写点东西。十多岁的杨绛早已和书结下了不解之缘。

父亲和母亲都是读书人，家庭环境对杨绛有着极大的影响。父母从未督促杨绛读书，杨绛在耳濡目染中养成了爱读书的好习惯。读了许多书后，杨绛越发地热爱文学。父亲与杨绛曾有过一段有趣的对话。有一次父亲问杨绛："阿季，三天不让你看书，你怎么样？"

杨绛回道："不好过。"

父亲又问道："一星期不让你看书呢？"

杨绛说："一星期都白活了。"

父亲听到杨绛的答案便笑了，说："我也这样。"

父亲与杨绛都好读书，涉猎范围也广泛，读书对他们而言是一桩趣事，亦是人生必需之事。他们在匆匆时光中流连着书的温度，共同的兴趣爱好让杨绛与父亲更加亲昵，他们时而像一对父女，时而又像是相谈甚欢的知己。

杨绛喜欢读书，父亲十分欣慰，多读书总是好的。在书籍这片浩瀚的海洋中独自航行，路过的每一处都是无与伦比的风景，风情各异。乘风破浪向前一步步推进，这注定是片看不完的风景，却深深吸引着杨绛，她渴望多看一眼，多到一处。与光阴争长短，看人生千百态。

杨绛读书受父亲影响颇多，父亲从未要求女儿必须做什么，在杨绛学业方面的教育也从来不着急。正是这样宽松而开明的家庭教育促成了杨绛自律自立的一面，使她知道自己真正喜欢什么和想要什么，而不是去迎合他人、附和众人。读书便是杨绛真正喜欢做的事情之一，无关于学习考试、功名利禄，她愿意为之花费时间，只为换得心中的平静与眼底的深刻。

父亲喜欢诗，尤其喜欢杜甫的诗。每晚睡前都要诵读一番，感受字眼间流露出的壮阔豪情或忧国忧民，时间在现实与历史间交替，父亲也只能在心中萌发无数感慨。杨绛有时听到父亲诵读的声音，也不自禁回到了那个时代，在脑海中勾勒出一幅幅画面，抑扬顿挫的声音响在耳旁，悲凉的夜、壮阔的山仿佛都出现在了眼前。她不知道那是怎样愁苦的悲歌，只是心中也阵阵难过。每过一段时间，父亲便跟杨绛讲自己又读完了一遍杜甫的诗。父亲同许多文人雅士一样，爱诗却不作诗，他们对诗的热爱使得诗在他们心中有着崇高的位置。父亲和杨绛均不喜欢没有文采还硬要作诗之人，他们曾调侃过这样一位远房亲戚。

父亲爱诗，杨绛在高中还不会区分平仄。父亲也不勉强，只买来杨绛爱读的诗文，不急着教她如何区分平仄。父亲觉得这并不要紧，到时候便自然懂了。父亲心态十分好，他秉承孔子所说“大叩则大鸣，小叩则小鸣”的教育方式。一切顺其自然就好，做自己喜欢的、擅长的事情就可以。做不好也没关系，不一定非要成为拔尖的人。杨绛只喜欢读诗书，对枯燥的音韵不感兴趣，父亲擅长音韵学也不逼迫她学习。父亲晚上路过杨绛窗前便考一考她平仄，答对了他便笑笑，答错了他照旧笑笑，也不说什么。忽有一天，杨绛便分得清平仄了。正如父亲所言，到时候便自然懂了。

父亲的教育固然开明，但在与杨绛相处过程当中也有十分严苛的一面，尤其是在做事的细节上。杨绛上中学后便知道帮家里做事了，每次放学回来都会看看父母有没有需要帮忙的地方。在父亲忙的时候，她会帮父亲抄状子。在抄写时一定要用毛笔写出工楷字体，这可不简单。略微蘸墨，一笔一画地在纸上写下一个个方块字，要整齐还不能有一丁点儿差错。多小的错误父亲都能一眼看出，父亲在这方面向来一丝不苟。杨绛每一次誊写时都格外小心，瞪大了眼睛，拿稳了笔，慢慢地写，要是不小心出了错便自觉地重新抄一遍。

装订旧书是父亲要求严苛的另一件事。父亲平日里喜欢同朋友们出去买些旧书和古玩回来，经过岁月洗礼的东西大都带着独特的时代气息，看着便沉进这份古韵。拿在手中的是几十年前甚至百年以前抄写的旧书，已磨破的线迹、缺失的页脚，它们经历了繁华与落魄，伴随着朝代的兴衰，辗转反侧留在世间。不思量自难相忘，贪恋那时繁花似锦，一本书握在手间便生出了无限感慨。父亲通常会自己先处理修补好缺角残页，再拿给杨绛重新装订，装订也十分有讲究。一定要用白色的线，两条线要平行，不能打结或交叉，最后收紧的结一定不能在表面看到。

依稀记得，父亲有一次生了病躺在床上，拿出他珍藏的古钱，教杨绛一一辨认。她看着卧在床上的父亲，当下心中一酸，她认真地听父亲讲，还变着花样逗父亲笑。那些她不认识的钱币被她起了不少别名，她希望这样可以减轻父亲的疼痛，父亲始终是她心中最坚挺的力量。

杨绛不由得回想起父亲开明的种种，还有要自己帮他做事时的严苛，但父亲对她始终是慈爱的。她在百岁之际曾回忆道：“我自己就是受父母师长的影响，由淘气转向好学的。爸爸说话入情入理，出口成章，《申报》评论一篇接一篇，浩气冲天，掷地有声。我佩服又好奇，请教秘诀，爸爸说：‘哪有什么秘诀？多读书、读好书罢了。’妈妈操劳一家大小衣食住用，得空总要翻翻古典文学、现代小说，读得津津有味。我学他们的样，找父亲藏书来读，果然有趣，从此好读书，读好书入迷。”

杨绛与诗书、文字的不断接触让她爱上了读书，更是在书中真的探寻到了属于她的黄金屋与颜如玉。爱好好比不腻味的餐食，日日食用，却依然食之有味。她喜欢诗词中的荡气回肠、温婉如玉；喜欢小说情节的跌宕起伏、变幻莫测；亦喜欢散文的细腻情丝、别致动人。杨绛注定一生生长在书的沃土间，开出知识的花，结出丰硕的果。这份喜爱随着杨绛年龄的增长愈发浓厚。

到大学文理分科后，主修政治的杨绛对所学专业并不感兴趣。学习课业也仅限于课堂，私底下杨绛并没有把时间用在政治课程上，几乎所有空闲时间都在图书馆读中外文学名著，尤其喜爱外国文学。值得一提的是，杨绛大量的时间都用在了读文学作品和外文上，专业课成绩也是优秀。看似冲突的事情，在杨绛这里并不是什么困难事，只是比旁人多花点时间罢了。杨绛不喜欢政治，也没宏伟的抱负。她不刻苦钻研政治方面的知识，却会看外文版的政治著作，这源于英语迷人的魅力。杨绛最初翻译的文字资料也是与政治相关的，后来才开始翻译文学著作，《堂吉诃德》是杨绛最为出名的翻译作品。

忆起那些旧时光，似水般的年华流过身体、发梢，打湿了面庞红了眼，还高高扬起嘴边的笑。在晴天、阴雨，无数个日子里她走过那条路，去往知识的天堂。清晨的光洒在她扎起的辫子上，皎洁的月光映衬着她的面庞。时间走过，她读了一个个故事，看了一段段话语，酸甜苦辣在她心中砌成了一座城堡。她知道在哪里，人生都是千姿百态，而她有她的向往。那些藏于心中的书香终会在岁月的积淀下酿出一坛佳酿。

命运似一粒尘，辗转于浩瀚天地之间，风未起已转了方向。它飘浮着，似乎有着前行的方向，却又看不真切它去了哪里。转瞬间，它已不在原地。一沙一世界，它会遁入黑暗还是开出花来，不得而知。沉寂在夜幕中的微光始终不曾熄灭，只有夜够黑，才看得到光亮。命运转动着齿轮，每一次都恰好连接着过往。好似树叶的脉络，有许多岔口，命运的图章也是如此。没有两片树叶是完全相同的，也没有一模一样的人生。时间不可逆，命运有许多选择，却只有一条路可走。所幸，杨绛选择的这条道路她从未后悔过。

周芬家境与杨绛相仿，她们的父亲曾一同共事。到了东吴大学后，二人才算是正式相识。杨绛性情温和，为人向来大度，不计较生活中的琐事。她一身诗书气也不古板，看着文静实则性子里活泼好玩。杨绛成绩优秀，也十分好相处，这也为她又平添了一份魅力。周芬也是活泼的女子，受过良好的家庭教育，为人处世也着实令人喜欢，还曾经获得过苏州演讲比赛的第一名。她和杨绛一样在生活中不计较，十分好相处，还常常为他人着想，也是个好脾气。

物以类聚，人以群分。美好的人自然会吸引同样美好的人，这好比蝴蝶飞舞在花丛间而非停留在草木间。杨绛与周芬在东吴大学相见后，甚是投缘，有一见如故之感。她们之间有太多可以聊的话题，两人在一起便有着说不完的话。家乡的风土人情、学校的新鲜见闻、未来的翩翩幻想，从她们口中讲出，如同岁月的弦一根根被拨过，发出时而低沉、时而高亢的声音，剖开过往的时光，眺望远方的期许。

两人渐渐变得形影不离，她们的生活几乎同步，杨绛还直接搬到了周芬宿舍去住。杨绛学政治，周芬学医学，她们不在一起上课。但这并不妨碍她们每天黏在一起，她们一起吃饭，有时也一起顺道去课室。两人也会同在图书馆，坐一张桌，做不同的事情。在那时，她们每天都是开心的，因为彼此的陪伴。她们生活在一起，做着各自的事情，追寻着梦想，彼此编织的那份温暖更是给予她们力量。如果时间能停留，一切该多好。

青春的回忆总是无穷尽的，阳光洒在肩上的日子总是那么灿烂。杨绛记忆中的好时光，是连着星空的。和她成绩均衡的课业如出一辙，杨绛天资聪慧，在许多方面都颇有造诣，对音乐也十分有兴趣。她自幼学习乐器，通音律，能唱出昆曲的细语柔情，也能用箫吹出曲子的婉转多情。还有位朋友叫沈淑，同杨绛一样会吹箫，周芬又善鼓笙。三人便常常一起吹奏民乐。对音乐的喜爱，让她们的友谊更加坚实和深厚。

每当她们在空旷的草地吹奏时，总能吸引同学围观。轻扬的乐声回荡在校园，月光洒在手间的乐器上发着光，女孩儿们眼中明亮的光藏着梦，她们希望青春永不落下帷幕。

转眼间，大学三年级了。无忧无虑的大学时光也开始有了羁绊，杨绛又要做出一次选择。在东吴大学过往的光阴里友谊照亮了她前行的路，给予她温暖。人生有许多陪伴，留恋在心间，停留在身边。而终究每个人有自己的选择，有独属于自己的路要走，不得不披荆斩棘，找寻自己渴望的清泉。也许是荒漠里的绿洲，也许是远离喧嚣的田园。每个人只能独自前行，带着心中的温暖，不曾忘却，也不曾远离，去徜徉在自己向往的那片天空。

青春岁月像一片花田，种下越多的花，花田便越色彩缤纷、香气袭人。杨绛青春的许多花儿开在东吴大学。在抬头便是一片晴朗，纵使倾盆大雨也能奔跑的那些日子里，杨绛心怀热情，所有的相遇都想给予拥抱。每一个在她生命中走过的人，她都怀抱祝福，她们也曾对月当歌、欢声笑语。在这样的光阴，这般美好的杨绛收获的不只满园芬芳。

友谊是筑在心头的坚墙，遇风不倒，遇雨不塌；是埋在心间的柔软，守着时光，抚平伤痕；亦是包裹心房的温热，雪中送炭，不离不散。大学时，周芬对于杨绛便是这样的存在。

那时，她与好姐妹玩得还正欢畅，大学的美好一半源于美好的年纪，一半源于相交的朋友。她原以为还能多几年这样的时光。没多久，她便得知了自己母校振华女校的校长为自己争取到了美国威尔斯利女子学院的奖学金，想要送她出国深造。她知道这是十分难得的机会，父亲便曾经到日本、美国留过学，她内心对留学必然是心生向往的。当有一天曾经划过心头的梦就真真切切地摆在眼前，她的确有心动，却又犹豫了。父亲表示如果她想要出国留学，可以全力资助她。杨绛觉得自己需要好好思量。

杨绛听父亲讲过许多关于留学的事情。留学需要一笔不菲的钱，奖学金仅仅是用来支付学费，来去路费与生活费用要自理。生活费用一年差不多是学费的两倍有余，而且还是十分节俭的情况。父亲还讲过自己留学的经历，充满艰辛。父亲以上几代都是地方上的穷官，没什么家底。父亲当年能出国全靠在考试选拔中获得公费。出国后发现留学并非自己所想得那般美好，穷学生处处遭人欺负，还很有可能遭到勒索。外国人对中国人并不友好，尤其是对穷学生。父亲亲身经历的这些使他每每回忆起来都觉得辛酸，好在确实学到了许多，也见到了许多。

对于杨绛出国一事，父亲依旧交与杨绛自己决定。他当年吃了不少苦，却不以此来劝阻杨绛。出国留学总归能见到杨绛未曾见过听过的诸多事物，这是他无法教给杨绛的。作为一个父亲他能做的便是给予经济支持，使杨绛不像自己当初那般辛酸。杨绛知道如果自己出国留学会增加家里的负担，她不忍心如此。如果出国深造她将继续学习政治学，她并不想深入学习这门课程。反观系里那几个老师，出国留学后也不见得与众不同。最终，杨绛决定放弃这次出国留学的机会，等到从东吴大学毕业后去清华研究院读文学。

命运的序曲早已响在耳旁，轻微的声音在跟随着生活的脚步前行。杂乱无章的一串串脚印是高低起伏的音律，欢笑或悲歌都是弹指间便会逝去的戏码。也许多年后，才能听出飘扬着的音乐诉说的故事，总有喜悦，也总有苦痛。如果无法拥抱苦痛，那就唱一曲悲歌。不太平的时代，终究有着太多的悲伤。杨绛还在上学时，大弟弟去世了。这是杨家失去的又一个孩子，白发人送黑发人的痛心谁人能懂？杨绛此刻心中无比庆幸自己没有去往大洋彼岸，在悲痛的时候还可以陪着父母。

# 古月堂的偶然相遇

生命的船泊在海上，不知驶向何处。漫漫汪洋中，一切都难以预测，晴空万里或狂风暴雨是命运的抉择。命运突如其来的咆哮或高歌无法避开，而舵始终掌握在自己手中。路过的每处风景，吹过的每缕微风都是注定。她将要遇见的意中人，也是注定。

大弟弟的去世让全家笼罩在悲伤的阴云下，尤其是母亲的情况很糟糕，当年二姐离世她几乎已哭坏了一双眼睛，后来生了一个长得极像二姐的女儿才慢慢好了起来，她将这个女儿当作了二姐的转世。

年过半百，母亲已生出了白发，大儿子的去世让她显得更加沧桑。她不明白为什么总要有这样的天灾人祸发生在家中。儿子还未长大就已不在人世，他还有许多未曾见到的风景。父母都希望自己的子女可以平安健康地长大，逝子之痛扎在心中，血流汩汩，看不见却触得到。心中的哀鸣要如何才能被平息。杨绛也十分难过，她看着长大的弟弟就这样没了。看着父母的样子，她更加难过。叶落归根，还可以化作春泥护花。人死却唯有节哀顺变，徒留一地伤心泪。

杨绛看着父母日渐老去，他们已不再是她年幼时无所不能的超人了。岁月偷走了他们的青春，皱纹爬上了眉间，白发一点点长了出来。只是自己从来都只想做围着他们撒娇的小女孩儿，她不愿时光带走他们的一切，她害怕他们渐渐在岁月里变得脆弱，她怕她不再是被捧在掌心的阿季。杨绛唯有更多地陪在父母身边，给父母安慰，忘却那些苦痛。

杨绛大学四年级的时候，学校生了变故。而这次变故，改写了她往后的人生。如果不是这次变故，杨绛怕是会在东吴大学毕业，若那时再去清华，或许与钱锺书便无缘。东吴大学转动的命运之轮使杨绛离开了苏州，与钱锺书相逢。花开无常，叶落无声。种下种子不一定结得出果实，墙缝里却长得出幼苗。有时，这些更像是生命的真谛，而命运给了心中的执念一个出口。

东吴大学是教会学校，秉承西式教育。在当时不被政府认可，是私立大学。为了改变东吴大学的现状，使之成为政府承认的国立大学，一些学生组织暗地里发力，引发了一场学潮。原本安静的校园充满着书香气，学潮一开始并没有受到关注，参与的人也不多。无风不起浪，风起初虽小，后来却掀起了大浪。原本无人关注的学潮受到某些组织的煽动，事情逐渐变得棘手起来。学校也陷入了一片混乱，势头难以控制。所有专业均停课，甚至连电话线都被掐断，校内外无法联络。为了保证师生安全，政府更是派了许多警卫守在校门口，不许人员随意进出校园。

学校的情况还没有传出去，家长不知道混乱的局面。母亲在朋友处得知了这个消息，内心十分担忧，害怕杨绛的安全没有保障。母亲知道后马上赶去东吴大学，看到杨绛好好的才放下心来。随后，杨绛趁警卫不注意偷溜出学校，与母亲一同回了家。东吴大学停课了许久情况还未好转，也不知道什么时候才能开始正式上课。于是，杨绛与几个同学和家里商量北上读书。

岁月悠悠前行，生命中总有那么一个人出现，刹那芳华，使世上万丈光芒都失了色。在互相回眸的一刻，漫漫时光因匆匆一瞥而止步。钱锺书于杨绛，便是如此；杨绛于钱锺书亦是如此。遇见他，她跌进了一张网，他亦为她建了一座城。

东吴大学的一场变故让一切发生得顺理成章，动乱年代处处有故事，却不见得个个是好结局。杨绛与钱锺书初见动心、再见倾心，一生步步相随，将爱情二字化为了平淡有味的生活，绘出浓墨重彩的传奇篇章。

1932 年，杨绛同四位同学一起前往北平求学，杨绛从小便有着“清华梦”，但她们此次去的却不是清华大学。因同行的同学均选择燕京大学，杨绛便也去了燕京大学。情深似海前更打紧的是或深或浅的缘分，杨绛、钱锺书的缘分向来不浅。一次学潮让杨绛千里迢迢来到北平，一次访友又让杨绛遇到钱锺书并留在清华。后来杨绛母亲常常说笑道："阿季脚上拴着月下老人的红丝呢，所以心心念念只想考清华。"

彼时，杨绛已参加燕京大学的入学考试，连同手续都在办理了。年少的梦总在不经意间被瞥见，挂在枝头的愿景始终没有掉落，"清华"依旧徘徊在杨绛心间。杨绛决定去清华看看老朋友蒋恩钿，同行的孙令衔有一位表哥也在清华，两人便一同前往，约定结束后再一同回去。走进清华校园，中学时的期盼就这样出现在了眼前，平凡的草木染上了岁月的情愫触动着杨绛柔软的心。风徐徐吹过，三月的天是清爽的，日子会越来越暖和，这稀疏的树枝也会布满一片绿景，过往的同学也都个个炯炯有神，洋溢着青春的活力。此情此景早已使杨绛心中泛起点点涟漪，蒋恩钿不温不火的一句话更是宛若一块重物砸向了杨绛，激起了千层浪，她问杨绛为什么不来清华呢。杨绛一时给不出答案，这是她曾经梦想求学的地方。

杨绛与蒋恩钿许久不曾见面，聊起天来自然欢快，互相讲述着遇到的新鲜事，讨论最多的还是清华大学的种种。直到天色渐晚杨绛才与孙令衔会合，孙令衔已等待片刻，同他一起的还有那位表哥钱锺书。杨绛回忆初见面时的情景："我从古月堂钻出来，便见到了他。"

二人初见，却似久别重逢。原本略不耐烦的钱锺书在她撞入视线的那一瞬被深深吸引，天色的暗淡掩不去他眼中的欣喜。二十余载的翩翩年华不如一眼过后的流连心间、步履忘返。她面若春桃，举止大方，又带着些许羞赧，眼底的明亮衬得夜都亮了几分。她唇边隐隐约约的笑爬上了他的心尖，他的面庞落在她的眼中也是一处动人景色。从此，她记住了钱锺书，他记住了杨季康。

这实在是一个平淡无奇的夜晚，稀稀拉拉的人，还未旺盛的树木，没有壮阔的景象，也没有英雄救美戏剧般的故事。姻缘不都似期待般浩浩荡荡，拉开大帷幕，演绎一场举世无双的戏码。而是于二人间时光恰好交织在同一瞬，她抬头他回首，不曾擦肩。在诸多稀松平常的日子里，千万人间，就在这一天他们遇见了彼此，何其浪漫。这场势均力敌的爱情在往后密布于寸寸光阴间，不曾相让。

爱情是带刺的花儿，刺上的花儿娇艳欲滴，芬芳沁人心脾，流转在二人之间，花儿下的刺是爱情间的小心、忧虑等种种因爱而生的负面情绪。慢慢地，花儿越发美丽，生机勃勃，刺开始消退，只留芬芳。杨绛与钱锺书的这朵花含苞待放时也长着刺，他们也曾为彼此失落。两人一面之缘结下了不解之缘，可坊间传闻却让两人都着实伤心。钱锺书当时在清华甚至北平都已小有名气，英文和中文都是出了名的好，以至于数学十五分还被破格录取。杨绛也是温婉秀气的才女。这些都不出乎双方意料。未曾想到的是杨绛听说钱锺书已有未婚妻，钱锺书也被告知杨绛有男朋友，追求者甚多。难道初遇的心动就这般自此藏在心底？杨绛不知所措，横刀夺爱似乎有些过分，就此相忘却又感觉心里空荡荡的。钱锺书也同样怅然若失，沉溺在书海中的他难得动了心，却又陷入两难。

两人都在理智和情感间游走，原本十分自律独立的二人像失了魂一般。两个不同的声音一直在脑海中碰撞，快要头痛欲裂。他们彼此经过对方，像初夏的风划过心口，在温热的天带来一丝舒适，却又无法停留。一切都刚好，却无法握住那份感觉，只能看着它随风飘散。一眼便将那面庞刻在了心间，放不开心中的悸动，忘不了月光洒在面庞的明亮。他们都未死心，他们问了自己无数遍，千般的理由、万般的说辞，都是因为放不下。他们用一个个理由说服自己，安慰自己，告诉自己再前行一步，他（她）一定还在那儿。

经过一番思想斗争，杨绛与钱锺书又都心存希望，他们相信一切不过是传闻。未承想越打听得到的结果越令人伤心。若说最初听到的“未婚妻”与“男朋友”还可以说只是坊间传闻，大家说来逗趣的话。那么这次他们听到的不禁让人皱眉，连姓名和家世都被亮了出来。原本以为是命中注定的相遇成了一场阴差阳错的有缘无分。

钱锺书听说杨绛的男朋友叫费孝通，杨绛与费孝通确实认识多年，不过杨绛一直只将费孝通当作朋友。费孝通与杨绛同在振华女校读书，为同班同学，这也是二人最初认识的缘由。振华女校为女子中学，费孝通头脑十分聪慧但却身子弱、个头矮。当年费孝通家搬来苏州不久后他便被母亲送入振华女校读书，因为其母与时任校长王季玉关系甚好才得以如此，费母这一举动使得费孝通成了整个振华女校唯一的男同学。费母十分强势，任由儿子如何反抗，最终还是乖乖去了振华女校读书。

费孝通来到振华女校读书后，发现这所女校并没有他想得那么糟糕。当初他不愿意来这儿读书是因为都是女生，来到后他作为班里唯一的男生也是讨喜的，又心生庆幸。在班级中，出众的同学更容易被大家注意到。许多女同学注意到了费孝通，而费孝通很快便注意到了杨绛。在几年的共同学习中，两人也有了许多接触，成了朋友。中学时代大家的心思是十分单纯的，费孝通又是学校唯一的男生，虽对杨绛有欣赏之意，却还未起相思之情。

到了读大学时，杨绛选择了男女同校的东吴大学，费孝通也读这所学校。二人从中学同学变为了大学同学。虽然杨绛说自己在东吴大学时未收到过一封情书，但当时的杨绛已然引起了不少男孩子的注意，他们对杨绛都心生爱慕。有大胆的男同学说出来便被传得沸沸扬扬。费孝通这时才生出了不一样的情愫，他对杨绛的感情似乎已不止于朋友。听闻有男同学准备追求杨绛便放话说自己与杨绛是老同学，追杨绛需过他这关。这番话大家都听得明白，便也识趣不再叨扰她，也将费孝通当作了杨绛的男朋友。

杨绛从未回应过与费孝通的关系，这也使得“男朋友”这个误会更深了。好在这样一来杨绛便再无感情方面的困扰了，对她而言表白追求一类的戏码在当时都是麻烦事。直到遇见钱锺书她才明白何谓男女间炙热的感情，在她心中万分纠结时她多想钱锺书是喜欢她的。

钱锺书听到的是“日久生情”的故事，杨绛得知的则是“青梅竹马”的事情。杨绛听同学所说的故事也不是空穴来风，这位“未婚妻”是钱锺书一位远房表亲的女儿，生得十分漂亮，这位远房表亲听闻钱锺书诗书满腹、才华横溢，便想要把女儿许配给钱锺书。钱家知道后也觉得不错，便也没有反对，不过钱锺书并没有同意过这门亲事。这件事也就这样搁置起来了。

事情的真相有些曲折，二人都是单身，却无端生出了诸多问题。如乱麻缠绕在二人心间，解不开又放不掉。两个人的爱情要接轨在一起，总要有一个人先迈出一步。杨绛想过，可毕竟她还是个情窦初开的女孩子。爱情，像一味药，苦口却不一定利病。走过相遇的那一处，月亮更圆了，却丝毫喜欢不起来。风吹起散落在耳旁的发，也吹落了杨绛心中的那份愁思。终于，杨绛收到了钱锺书邀约的信件，她是雀跃的；而钱锺书于期待中又带着份忐忑。

二人相见距离上次相遇并不久，不曾见面的时间如一条长长的河流将两人隔开，他们互相张望着对方，想要驾船而过，不怕水流湍急，不管距离遥远，他们只想和对方问声好，说句话。说出那句萦绕心中许久的话。他们又怕自己突兀了，惊扰到对方，瞬间好感全无。于是他们便小心翼翼地等待，终于等到了一切都合适的这天。钱锺书说明了自己从未有过未婚妻，杨绛也赶忙表示自己不曾有过男朋友。知道真相的两个人都分外欣喜。他们走过湖边，荡起阵阵涟漪。月亮被阴云遮挡，夜色撩动人心。

翩翩才子与南国佳人，他们的爱情从一开始便是浪漫而独特的，一见如故，日久生情。只一眼，便将对方收进了眼底。杨绛始终说自己对钱锺书并非一见钟情，因为她早有耳闻，算不得一见钟情。在校园中的恋爱是青涩而美好的，许多谈恋爱的男女都别出心裁，想要在彼此身上处处留下印记。

他们将爱情的曲子谱得动人，也忘却了学业，爱情于他们成了最要紧的事。杨绛与钱锺书在一起后更多的是一同学习，在学业上互相帮助，他们的生活如从前一般，只是生命中多了一个位置留给一个人。好的爱情是不曾在一段关系中改变自己，遇见他也遇见了更好的自己。

多年后，回想这段过往。她的一瞥，看清了灯火阑珊处闪动的一抹光亮。他蓦然回首，月下伊人拨动了心中的弦。倾盖如故误终生，相见恨晚共芳华。

# 爱情流淌在笔墨间

河畔的柳枝摇曳在风中，飘忽不定。时而轻垂在河面，时而飘荡在空中，随风起舞。爱情也是随时变化，说不上滋味，时而甜蜜，时而苦涩，时而酸倒了牙，唯一肯定的是里面包裹着两人浓浓的爱。有了爱情，生活便有了不同。再理性的爱也经不住思念，眺望着远方的细雨蒙蒙，恨不得穿过苍苍蒹葭，拨开层层白露，看一眼魂牵梦绕的伊人。不经意间心底住进了一个人，从那以后一切都不同了。爱情的甜蜜灌满了心间，不负春光，紧握流年。

初恋的美好在于全心全意把所有真心都给了一个人，除了爱什么都不计较。钱锺书与杨绛都是第一次陷入爱情，他们深信彼此将是今生的唯一。悸动的心开始为对方而跳动，从未有过的感觉爬上心头，生了根，发了芽，愈发茂盛。他们的恋爱的确谈得十分理智，两人均未影响到学业。可心中应有的爱恋与思念，比之其他情侣，他们一分不少。爱情有千百种，爱的方式亦有许多，归根到底都是那份爱恋，藏在心间不肯放下。

刚交付真心的二人，在一起格外甜蜜。他们有许多话可说，从江南烟雨到清华校园，他们谈论文学、语言，也互诉真情。二人都十分喜欢去图书馆，经常在图书馆一起看书学习，还会相互讨教问题。和喜欢的人在一起，无论做什么都是欢喜的。清华的校园风景优美，两人走在校园也成了彼此心中最美好的风景。他们通常都走在大道，不同于一般小情侣喜欢幽静的小路。满池的荷花生机勃勃，如他们的爱情一般欣欣向荣。

此时杨绛已在清华借读，两人见面十分方便。钱锺书依旧孜孜不倦地写信给杨绛，丝毫不浪费他的文采。杨绛几乎每天都可以收到钱锺书的信，工整有力的文字，饱含深情的诉说，杨绛早已将一颗心都放在了他身上。每次看到钱锺书的信，杨绛都为之心动，满心欢喜。如此美丽的年华，她未曾想到她真的会遇见心上人，更未承想他也如此深爱她。一切都刚好，带着不真实的梦幻感。她知道有生之年遇见他，她万分幸运。每当看到他的面庞，她都心安。他写的信都如春雨般洒在她的心上，开出了花儿。只是她不怎么写信，便很少回信，她的心中早已春风遍地，温暖阵阵。

杨绛在清华借读时听了许多知名学者的课，清华浓厚的学术氛围感染着她，清华图书馆是她的最爱。来到清华借读似一场奇遇，遇见了命里注定的缘分，每一次心跳都如此有力，一闭眼便梦见了午后的阳光。她的清华梦终于实现了，如她想象般美好，出口成章的老师，文采斐然的同学。整个校园都飘荡着书香，她如此接近她所喜欢的事物。整日在图书馆她也丝毫不觉得困顿，于她这是沁人心脾的芬芳。曾经的梦现在翩翩起舞，她也随之共舞，在青葱岁月里步步回头。

杨绛也上过钱锺书的老师温源宁的课程，她还记得那门课程叫作《英国浪漫诗人》。温源宁并不怎么喜欢杨绛，不赞成钱锺书与杨绛谈恋爱。他告诫钱锺书 pretty girl 往往都是没头脑的。因为杨绛曾在他的课上交过白卷，他便将杨绛当作了骄傲自负之人。未承想这反倒是他存有偏见，幸而钱锺书始终坚定不移，才成就了这段姻缘佳话。

在清华借读的一年里，杨绛收获了许多知识，和钱锺书的感情亦更加浓厚。借读结束后，钱锺书希望杨绛可以考清华研究院，这样一来两人还可以多做一年同学，多一些相处的时光。清华大学本就是杨绛所向往的，她自然也想要继续在清华读书。杨绛回到苏州，一边做小学教员，一边复习功课准备考试。两人在一起后第一次长时间分开，自然是十分不舍的。杨绛离开之际，两人说了许多情话，互相做了许多保证。那几天他们的相见都带着些许伤感，好似离别后不再相见。他们一如既往地相信彼此，心头的不舍却怎么也压不下。

他们牵着手走在校园，分别时不忍松开。天边的红霞泛着光，夕阳美得触目，他们眼中只有彼此。像是与时间争分夺秒一般，他们愿自己所有的时间里都有对方的身影。在一起时欢笑，说遍甜言蜜语；分开时也满是思念，不留一日闲。杨绛踏上南下的旅途，任月亮再大再圆，没有意中人在身边都不算圆满。此后的许多日子，他们相隔两地，南北相思不相忘。一睁眼，等黎明到来，离相见便又近了一分，相思亦浓了一分。

钱锺书在杨绛不在身边的日子里几乎每天都寄信给她，就像杨绛还在学校时那样。他的信像日记一样，记录着他每天发生的事情，还有对杨绛刻骨的思念。分离之后的日子竟是这样的难过，不经意间就想到了对方，看到什么新奇的也想说给对方听，却猛然意识到她不在身边。相处一年的时光将对方融入到了自己的生活，突然的离去让生活变了模样。思念总是轻易被勾起，一起度过的日子每一天都在脑海中翻滚。翻山越岭的思念一次次敲打着心房，化为纸上的一句句情话。

钱锺书的每一封信都温暖着杨绛的心窝，在平淡无奇的岁月幸好有这份相守。杨绛在苏州的生活很繁忙，小学教员的工作没有她想得那般轻松。她未带过课，资料教案都要从头做起。同时她要准备清华研究院的考试。事情有些出乎意料，她的时间不够用，一个暑期复习清华四年的课程本就紧张，在现在的境况下更加仓促。杨绛想要推迟一年参加考试，这样更为稳妥。钱锺书却并不赞同。爱情总是让人变得敏感而又患得患失。他误认为杨绛变了心，在跟他提分手，他不愿失去这份感情，他无法面对。

这件事使杨绛与钱锺书第一次争吵，钱锺书不想与杨绛分离那么久，也怕是她想要结束这段关系才反对。杨绛何尝不想早日与钱锺书相聚，但她知道爱情不能是盲目的，他们彼此相爱就要有个好结果。两人陷入冷战。钱锺书意识到是自己错了，便写了好多信给杨绛。开始杨绛并未回复，后来看着一封封情真意切的信便又被钱锺书打动，二人重归于好。

此时，两家都不知道孩子们谈恋爱的事情。钱锺书的父亲钱基博无意间发现了杨绛寄给钱锺书的信，他并未征求儿子意见便直接拆开看了。钱基博不同于杨荫杭那样开明，有着浓郁的封建家长作派，颇像《围城》中的方遯翁先生。钱父看过杨绛的信后对杨绛赞许有加。钱父还将这件趣事记录在自己书中。杨绛在信中说：“现在吾两人快乐无用，须两家父母兄弟皆大欢喜，吾两人之快乐乃彻始彻终不受阻碍。”钱父评价：“真是聪明人语。”当下对杨绛十分满意，这般聪慧体贴的女子做儿媳必定是不错的。老先生高兴之余依旧未征求儿子的意见，洋洋洒洒回了一封信给杨绛，表示对她甚是满意，并郑重地将儿子“托付”给她。

杨绛收到钱老先生信不久后，也打算将钱锺书介绍给父亲。应杨绛之邀，钱锺书独自一人前往杨绛家拜访。父亲与钱锺书相谈甚欢，十分赏识钱锺书，看到女儿找到这样的夫婿也很是安慰。杨绛与钱锺书这场天南地北的恋爱终是有个好结果，这门亲事算是说定了，两家父母都十分赞同。由于钱锺书家是旧式家庭，遵循传统，他们还进行了一场让杨绛“难忘”又滑稽的订婚仪式：

五六十年代的青年，或许不知“订婚”为何事。他“谈恋爱”或“搞对象”到双方同心同意，就是“肯定了”。我们那时候，结婚之前还多一道“订婚”礼。而默存和我的“订婚”，说来更是滑稽。明明是我们自己认识的，明明是我把默存介绍给我爸爸，爸爸很赏识他，不就是“肯定了”吗？可是我们还颠颠倒倒遵循“父母之命，媒妁之言”。默存由他父亲带来见我爸爸，正式求亲，然后请出男女两家都熟识的亲友做男家女家的媒人，然后，（因我爸爸生病，诸事从简）在苏州某饭馆摆酒宴请两家的至亲好友，男女分席。我茫然全不记得“订”是怎么“订”的，只知道从此我是默存的“未婚妻”了。那晚，钱穆先生也在座，参与了这个订婚礼。

这场在杨绛看来有些怪异的订婚宴，在苏州当时却成了美谈。钱基博与杨荫杭名声在外，都是书香门第。在世人看来这是一场门当户对的订婚礼，两位皆有美谈的人士成了亲家。杨荫杭曾经担任高官，在苏州算得上是名人，这使得这次结亲更为人津津乐道。大家听闻杨绛与钱锺书是自由恋爱，订婚又遵循传统礼教也纷纷称奇。新旧家庭之间并没有发生冲突，他们在一起的过程十分顺畅，轻易便讨得了两位父亲的欢心。

杨绛与钱锺书相遇于清华校园，一眼便有了不同。杨绛在清华校园的寸寸光阴都包裹着他们在一起的过往，沉淀在飞然而逝的岁月，在时光中独留一片静好。他们之间的红线交织在一起，怎么也分不开。这场爱情风平浪静又细水长流，平稳隽永得令人羡慕。他们不曾遇到艰险和阻挠，在相互依偎的日子里都紧牵着对方，一同前行。杨绛与钱锺书的爱情大抵是世人最想要拥有的，于平凡中永存，在生活中相扶。在寻常的时刻相遇，便走过了一生。每一刻相拥的时间都刚刚好，每一次回眸眼里都是彼此。

爱情的缤纷道不尽，许多不过一场风花雪月。书中讲述的大多是轰轰烈烈的爱情，太过汹涌的爱情不过南柯一梦，难忘却拥抱不到。只能在回忆里找寻过往的影子，成了心中拔不出的刺。她这般独立美好的女子，期待的从来不是为她披荆斩棘的骑士，而是带她翻山越岭、跋山涉水的知心人。她想要同他看遍世上风景，说一生的话。在不相见的日子，她看着天空想着他，思念的泪水偶尔会溢出眼眶。分离从未带给他们忘却，刻在心头的爱怎能被抹去，他们从不愿分离，想念是折磨人的事。

# 谁能读懂你眼眸中的温暖

红尘滚滚，散落在笔尖的温柔，勾勒着柔情似水的爱情。褶藏的岁月，无声的思念，眼前掠过浮花绿柳。花开的时节不一定相逢，花落的片刻也不一定别离。沐浴在夕阳的光，记挂着心上的人。他们相知相爱，却不能时时相守。爱情于他们是万里无云的晴空，在同一片天空下相互遥望。儿女情长是心口的一点朱砂，不由得想要为一个人放弃自己所拥有的全部。杨绛与钱锺书愿为对方付出一切，却从未想要让对方放弃心中的梦。他们要的是一场势均力敌的爱情。

旧时的传统，许多女子是男子的依附品。婚姻，成了女子寻找好归宿的手段。她们心甘情愿洗手作羹汤，汲取生活中的小温暖。有个人能携手共度，她们便十分知足。对于情投意合的人，她们是无比期待着的，好似人生都是为了等待这般相遇，有个家庭，丈夫撑起所有风雨是她们最大的渴望，她们从来都只想着顾家。对于这些女子而言，遇上个贤良的夫家便是幸福。杨绛从来不是如此。她有着自己的渴望，钱锺书亦从未将她看作是寻常女子。

在家里人看来，两人固然都十分出色，却始终太过年轻，不知他们能否真的撑起生活的担子，组成自己的家庭。事实证明，家人无需多虑。杨绛与钱锺书都是极有想法的人，他们知道自己想要在怎样的未来里乘风破浪。爱情于他们从来不只是谈情说爱，还有着理想未来。他们在订婚前便想好了订婚后的生活，一个去工作，一个继续读书。钱锺书当时工资不多不少刚好够两个人的开销，杨绛也每次都拿到奖学金，足以支撑自己的生活。生活与梦想还不曾为难他们，这也因为他们看问题向来透彻。

好的爱情要一起经历风霜，共享大好年华。在翩翩离去的岁月里书写美丽动人的篇章，一携手便相守到老。两人之间有独立的梦想，却在梦中始终相拥。遇见彼此，他们有一场好的爱情，在风月里成就了最好的彼此。杨绛与钱锺书的罗曼蒂克不是古时沉浸在温柔乡的美谈，他们的爱情更加现代化，将爱情建立于文明之上。在生活的步伐中紧紧相随，步步为营。一生一世一双人的佳话他们演绎得无比自然。一不留神，时间便窜过了一生，也爱了一世。

杨绛与钱锺书订婚后不久两人便又要面临别离。彼时，钱锺书已从清华毕业，预计去上海光华大学教两年书后参加出国考试。按照当时规定，必须有两年工作经验才能参加出国考试。杨绛则继续去清华读书，那时她已考入清华研究院。钱父将杨绛介绍给正在燕京大学任教的钱穆先生认识，让钱穆与杨绛同行，顺便可以照顾杨绛。钱穆一见到杨绛便觉得她是个有决断的女子。他看杨绛行李十分简单，便知她能抉择。

清华大学研究院外国语文学部成立于1929年，其中有诸多大师与知名学者任教。在清华研究院两年的学习令杨绛终身受益匪浅。每当回忆起那些奋笔疾书、努力前行的日子，心头都浮上一层温暖。

那时国内的研究生制度与现今大为不同，和大学本科相仿。研究院各位老师开设课程，学生自由选择课程进行研读。每门课程都是一周两小时，选修一门课程全年可拿到四个学分，研究生每年在课程方面需要拿到十二个学分。不少课程学习起来难度大，老师要求高。例如，王文显教授开设的莎士比亚研读课，他要达到“学生将来亦能教授莎士比亚也”的目的。课程都在文学与语言的范畴中，有些课程却并不如文学般有趣，甚至学起来吃力又枯燥。杨绛读书向来刻苦，这些也不曾难倒她。

清华研究院当时要求学生至少掌握两门外语，入学考试只考了英语。学校将另一门语言定为法语，杨绛进入研究院的第一堂课便是测试第二门语言，教他们法语的是翻译家梁宗岱。杨绛法语是自学的，听写时许多同学都听不懂法语，不会写或乱写，唯有杨绛全部写对了。梁宗岱频频看向她，害她以为自己写的全出了错。

在清华研究院的许多课程中，影响杨绛最深的是朱自清先生的散文习作课。朱自清在清华早已身负盛名，那时他的作品学生人人耳熟能详。朱自清笔下的温柔似是说不完的一池春水，优雅柔美的文笔诉尽了世间万般真情。荷花在他笔下也成了夜晚最美丽的光亮，与粼粼水波一同荡漾池间。许多学生都抢着选他的课，杨绛自然也不会错过这门课程。杨绛在散文方面受到朱自清、冰心等人的不少影响，"五四"时期的文风在她的作品里也寻得到影子。

杨绛心中一直渴望走上文学创作的道路，没想到朱自清先生的散文习作课成了杨绛创作的开始。经过一学期的学习，杨绛自己写了一篇短篇散文。她改了许久后小心翼翼地拿给朱自清，希望老师帮她修改一番。朱自清当天便看了杨绛交上来的习作。记得朱自清当时对她说："没有什么好改的。"

杨绛当时心中一愣，她以为自己写得极为不好，先生都无法修改。大概是看到她神情不对，朱自清先生又补充说明了一番。他十分喜欢杨绛的这篇习作，没有需要修改的地方，文字和意境都恰到好处，而且这是一篇可以发表的作品。后来朱自清果真推荐杨绛的这篇《收脚印》在《大公报·文艺副刊》上发表。《收脚印》是还处在青涩年华的杨绛对生命的理解，她毫无顾忌地写出了生与死的感悟。优美动人的文字，引人深思的观点，对当时的杨绛而言已是不易。《收脚印》里这样写道：

每当夕阳西下，黄昏星闪闪发亮的时候；西山一抹浅绛，渐渐晕成橘红，晕成淡黄，晕成浅湖色……风是凉了，地上的影儿也淡了。幽僻处，树下，墙阴，影儿绰绰的，这就是鬼魂收脚印的时候了。

守着一颗颗星，先后睁开倦眼。看一弯淡月，浸透黄昏，流散着水银的光。听着草里虫声，凄凉地叫破了夜的岑寂。人静了，远近的窗里，闪着星星灯火——于是，乘着晚风，悠悠荡荡在横的、直的、曲折的道路上，徘徊着，徘徊着，从错杂的脚印中，辨认着自己的遗迹。

这小径，曾和谁谈笑着并肩来往过？草还是一样地软。树荫还是幽深地遮盖着，也许树根小砖下，还压着往日襟边的残花。轻笑低语，难道还在草里回绕着么？弯下腰，凑上耳朵——只听得草虫声声地叫，露珠在月光下冷冷地闪烁，风是这样地冷。飘摇不定地转上小桥，淡月一梳，在水里瑟瑟地抖。水草懒懒地歇在岸旁，水底的星影像失眠的眼睛，无精打采地闭上又张开，树影阴森地倒映水面，只有一两只水虫的跳跃，点破水面，静静地晃荡出一两个圆纹。

少女文采已初露头角，杨绛的散文总给人一种清新明亮之感，情感自然流露于文字间，朗读时心情爽朗，质朴的感情深入人心。清华研究院的学习打开了杨绛文学创作这扇门，《收脚印》一文让杨绛收获了许多，也带给她继续创作的动力。黑夜闪烁着灯火，记忆里希望的光敲打着心房，微微颤动，注定文香涌动，在光阴的长廊中留下印记。

在朱自清散文写作课程的第二学期，杨绛开始学习写小说。在这门课程结业时，她写了自己的第一篇短篇小说《璐璐，不用愁》交给朱自清。这是一个少女对于爱情选择的故事。主人公璐璐是漂亮的女大学生，她在两个追求者间徘徊，不知如何抉择。一位是官家子弟，另一位是穷小子。少女的心思是单纯的，却又考虑着许多现实问题。愁思为此布满了生活，这成了她解不开的题。璐璐最后失去了两位追求者，不免令人唏嘘。杨绛安排的结局却也算圆满，璐璐最后并不发愁了，“美国的来信！呀！她请求免费学额成功了！”

在任何年代，爱情都不是生活的唯一，亦不是必需品。璐璐最后用学业弥补了爱情，她不再愁。杨绛有幸于千万人中遇见钱锺书，在生命中平添了一份挚爱。《璐璐，不用愁》同样受朱自清赞叹，被推荐在《大公报·文艺副刊》上发表。后来林徽因将这篇小说改名为《路路》编入《大公报丛刊小说选》。

杨绛在北国求学，钱锺书在南方工作。这和两人订婚前的日子相仿，那时钱锺书还在清华读书，杨绛回到苏州一边教书一边复习，一封封的信件堆砌了绵绵情意，也成了彼此心中最伟岸的力量。杨绛愿让自己的世界多一个他，钱锺书也将杨绛放在心底。对于彼此，他们是最温柔的，也是最宽容的。每天一封信，诉说着自己的生活，连着心里的梦、遥远的他。在所有不相见的时光，他们的爱撑起了距离带来的一切不安。时光的轴转动，倒映着过往的每一瞬，交织在心底的爱意从未想过有解。

每当疲惫的时候，想到对方的面庞，劳累便减了一分。连同着诸事做决定时都更加有底气，可以毫不犹豫地选择自己最喜欢、最想要的。因为他们知道无论如何，会有一个人共同分担，不离不弃。爱情带给他们更多的安全感，有了可以依偎的怀抱，也让他们想要成为更好的自己、做更多喜欢的事。他们从来都不难为对方，亦不难为自己，一切都心甘情愿，不曾有丝毫勉强。

订婚次年暑期，钱锺书来到北京看望杨绛。这是他毕业后第一次回到清华，也是两人许久才有的见面。一年后重回校园，一切依旧熟悉，恍然如梦，往事历历在目。当初一场相遇让他们的人生轨迹靠近在一起，连分离都觉得既苦涩又美好。此刻，终于相见的二人看着对方，感觉正好。这段时间，他们游玩了北京城的许多地方，也是两人头一次一起在北京出游。以往他们恋爱时都是在校园中，清华可谓是他们恋爱中回忆最多的地方。钱锺书对游玩一类的事情往往兴趣不大，他的日常大多都窝在图书馆，看各类著作。杨绛喜欢待在图书馆，也喜欢出去玩。在清华读书的第一年就去遍了北京有名的大小地方。

时间的弦拉扯着心中的爱恋，每一眼都是心动。这次出游两人都是欢喜的，钱锺书还特意作了诗来纪念：

分飞劳燕原同命，异处参商亦共天。

自是欢娱常苦短，游仙七日已千年。

时间匆匆走过，回忆越积越多，他们的爱情也越发深厚。在往后的岁月，他们始终如最初一般携手共进。寂寞的离歌阵阵，也抵不过藏在心间的欢声笑语，涓涓细流划过心口，滋润了多少午夜梦回的忧伤。岁月褪去虚无的浮华，洗尽纷繁杂尘。花开无常，他们的爱交织在一起不曾枯萎，越发芬芳。生命的热切总带着期盼，眼前的风景与未来的道路都是心间的美。泼洒出五彩的颜料，只为绘出一场举世无双。

指尖划过的温度，是心里流过的蜜。窗外风景独好，室内一派安然。他们走过的道路总有彼此的印记，重叠的轨迹通向远方。他们向来势均力敌，无须退让。

# 第三章

# 携手

爱极是静默无言，此生有你便无憾

# 执手相携，此生之约

眨眼间，清凉的梦吹过，又过了几个花季。凝眸月夜，迷了眼帘。窗外暗淡的光星星点点，遥远的思恋挂在心头，绵延在漫漫长夜。素笔划过书笺，时光的痕早已刻在心头。叠嶂山峦未曾阻挡流年，旧时光点点滴滴落在携手走过的路。不经意间回眸，时间的影子早已不见，恍然间发觉已走了许久，忘却时间的洪流，只拥抱着身旁人。目光跳跃过岁月的步调，仿佛看到了路的远方，头发已带着白，故人犹在。一瞬间便穿过了一生一世，愿执子之手从黑发到白头。生死契阔，与子成说。

爱情是一盏五彩斑斓的灯，照得两个人的世界都缤纷。灿烂的笑比五彩的光更动人，在一起的日子都值得贪恋。乍见之欢，处久不厌，相爱之人用无数个日夜书写出动人的篇章。爱情往往和婚姻连在一起，婚姻是爱情神圣的殿堂，意味着愿用一生来守护那份爱。杨绛和钱锺书必然是会结婚的，他们没有理由拒绝，一切都顺其自然，他们带着各自的欢喜心甘情愿。杨绛的心思向来都放在读书上，她不曾想过做与众不同的那一个，生活于她而言同样是平凡的，她做着她该做的、想做的每一样，同钱锺书的婚姻亦是如此。

相遇在清华校园，杨绛与钱锺书便知道他们彼此之间有着再也无法分割的情愫。时间走得太急，他们总是免不了分离，分离也成了过往岁月的浪漫。无法相见与通话的日子，思念更加难得可贵，也更拨动心弦。来往的信件包裹着钱锺书一腔喷涌不尽的才华，每一次都触动着杨绛的心。笔墨成了这场爱情中最为浪漫的来往。若说男女间借书是恋爱的好方法，一借一还间少不了两次会面，那钱锺书一份份情书般的信更是藏有奥妙，同时展现了自己的才情和爱意。钱锺书还自诩空前绝后用“程朱理学”来示爱，用哲理来比喻自己的爱情。在恋爱时，钱锺书将满腹经纶发挥到了极致，用尽了花样写信，连落款也别出心裁。每一封都写进了杨绛的心里，华而有趣。

好的爱情必定彼此相让，互相为对方着想。杨绛与钱锺书在北京一同出游是钱锺书的安排，两人许久不见，见了面自然欣喜。钱锺书不喜出行，但想到杨绛一定会喜欢这样的出行便做了安排。他想要带杨绛看她喜欢的风景，只要她开心便好。杨绛以为钱锺书未曾正儿八经地看过北京城的风景，去了上海回来突然想仔细看看了，便毫不犹豫地答应了。两人在一起做什么都是开心的。钱锺书不知杨绛早已游览过北京，杨绛亦不知钱锺书是为讨她欢心，自己其实并不喜欢游玩。这就是爱情最真实的模样，只要对方喜欢，便甘愿奉陪。

时间总是马不停蹄，开心的日子过得更快。转眼间，又到了开学的时候。杨绛要继续在清华研究院上课，钱锺书也要回上海工作。这样的生活于他们并不陌生，若是可以，不分离自然是最好。相隔两地他们亦无所畏惧，杨绛与钱锺书相爱，也都有着对爱情、对生活的姿态。他们知道彼此的未来是交织在一起的，一切不急于一时。

1935 年，钱锺书在上海光华大学教书满两年，获得参加公费出国考试的资格。所谓的公费出国考试是由当时国民政府教育部举办的选拔考试，挑选出优秀的国内青年，用英国政府退还的“庚款”作为奖励送去英国读书。公开招考但名额极为有限，文理各科总计二十多个名额。钱锺书参加的是第三届庚子赔款公费留学资格考试，报考英国文学。英国文学在那次考试中只有一个名额，清华大学的许多同学听闻钱锺书报考便主动放弃了，可见钱锺书文采斐然、名声在外。最后结果也在意料之中，唯一的名额自然是被钱锺书拿到了。不仅如此，钱锺书在考试中成绩也排在第一，拿到了最高分。

当时杨绛依然在清华研究院读书。清华研究院每年也会送各个系里优秀的学生出国留学，这是校方所允许的，但唯独杨绛所在的外文系不能，这也是钱锺书要去参加公费留学资格考试的原因。对杨绛而言，这意味着她无法公费出国留学。曾经还在东吴大学就读时，她放弃了可以出国留学的机会，原因是她出国后也只能读自己不喜欢的政治学。如果是她喜欢的文学或语言，想必她是会去的。

钱锺书拿到了公费出国的名额，希望杨绛与他一同出国。钱锺书家中重男轻女，家庭条件优渥，从小钱锺书便做惯了“少爷”，对于生活上的琐事有许多不知，虽不至于生活无法自理，却也的确无法照顾好自己。这一点，杨绛也是知道的。此时，杨绛还未完成在清华的学业，她面临着选择。一是继续在清华完成学业，等钱锺书完成学业后归国。二是放弃在清华的学业，与钱锺书一同出国，自费读书。杨绛有着自己的生活，她不怕孤身一人，但知轻重。杨绛思索一番后，决定与钱锺书一同出国，她愿意为他做出牺牲。这份感情对她是极为重要的，出国也不是糟糕的选择。

时间太过于匆忙，杨绛未来得及与家人说明，便提前一月结束了在清华的学业，有一门大考她与老师说明后，用论文替代了考试。杨绛就此结束了在清华的学习生涯，也圆了自己多年来的一个梦。办理完离校手续后，杨绛踏上了回家的归途。父女间的亲子感应使父亲预感到杨绛的归来。杨绛回到家中后，父亲激动不已，母亲也十分欢喜。杨绛将自己回家的缘由和与钱锺书出国读书之事跟父母一一道来，父母支持杨绛与钱锺书一同出国。杨、钱两家决定在二人出国前先结婚，杨绛与钱锺书自然也同意。

根据当地习俗，举行婚礼前要办“小姐宴”。“小姐宴”指女方在出嫁前夕操办的一场宴席，将女方的同性同学、朋友、亲戚请来热闹一番。杨绛的父母自然也为杨绛准备了“小姐宴”，“小姐宴”对杨绛而言像是一场姐妹间的盛大聚会，是新奇而难忘的。看着现在要好的姐妹和昔日共同读书的同学，杨绛不禁感慨许多，怀念起了过去天真烂漫的时光，大家都有着欢快的笑脸。而如今，自己马上就要为人妇了。出嫁对杨绛而言是幸福的，她爱钱锺书，愿与他携手共度往后的岁月。即便如此，在如同“告别仪式”的“小姐宴”上杨绛心里还是生出了感伤。自己不再是那个围着父母撒娇的孩子了，她长大了，要离开这个家到另外一个家。这个时刻意味着杨绛要与父母分离，要与自己的少女时光告别。

江南水乡流过时间的河，浅浅水湾夕阳如故。岁月悠悠前行，争不过朝夕，只得在回忆的影子中看流年的欢畅，步步前行。杨绛不舍与父母分离，也知道前方是幸福的道路。两种截然不同的情绪交织在杨绛心中，内心期盼着独属她的婚礼，又夹杂着一丝难过。这桩人生大事如微风细雨划过她的心，滋润着心房每一寸。

两人的婚礼如同订婚般采用中西结合的方式，传统元素与西式婚礼融合在一起也成了美谈，这般独特的婚礼着实让来宾难以忘怀。由于钱、杨两家在当地声誉极好，婚礼当天杨家的一文厅挤满了人，来参加婚礼的人众多，其中不乏当地知名人士。杨家为这场婚礼花了许多心思，连着忙了好多天，婚礼虽不能堪称完美，也算得上盛大和难忘。

新郎与新娘的着装均按照西式婚礼。钱锺书穿一件白衬衫和黑西裤，杨绛则穿婚纱，婚纱将杨绛整个人包裹起来，还带着长长的后尾。两人的着装都十分厚重，而这个被千挑万选出来的黄道吉日偏偏是一年当中最热的日子。婚礼全程带着喜庆的色彩，双方家人都十分开心，对这场婚礼也都颇为满意。宾客自然也十分尽兴，对于这场中西结合的婚礼，他们可谓是头一回见到。既写了婚书，又交换了戒指，有交拜仪式，也有《婚礼进行曲》。两位新人却是苦不堪言，太过于炎热的天气让他们精疲力竭，汗水早已浸湿了衣衫，却也无可奈何，只得硬着头皮等待整场仪式结束。

婚礼流程颇多，仪式繁复。两人在台上接受着晴朗天气的祝福，俨然一对才子佳人。虽劳累但也甘愿，他们知道这是一生一世的婚礼。后来杨绛回忆这场难忘的婚礼开玩笑般地讲：“结婚照上，新人、伴娘、提花篮的女孩子、提婚纱的男孩子，一个个都像刚被警察抓获的扒手。”

这场婚礼上还有另一桩趣事，主人公便是杨绛的三姑母。这位三姑母的心思都放在事业和学问上，平日里极少打扮，也很少添置新的衣物。为了前来参加杨绛的婚礼，她专门翻出了压箱底的一套白色衣服，还配了一双白皮鞋。这件还有几分新的衣服看得出三姑母的诚意，只是她自已未意识到这身打扮像披麻戴孝一般，不像是穿来参加喜事的。好在杨家对这位三姑母向来都十分宽容，并未有丝毫介怀。

婚后，杨绛同钱锺书回到钱家。钱父对杨绛十分满意，因杨绛属猪，特地将自己珍藏的汉代铜猪符送与杨绛保平安，望日后二人的生活吉祥如意。这场包含了中西文化冲突，新旧家庭之间“门不当户不对”的婚礼独特而圆满。

江南水乡月色撩人，夜晚也多了份柔美，树影落在水中，不真切却也是一道风景。这片温润的土地见证了杨绛与钱锺书的订婚与结婚，他们的婚姻也如江南美景般耐看又带着朦胧的美，温柔且长情。一纸婚书是他们生死契阔的凭证，一双戒指交换间他们与子成说。结婚是饱含深情后的深思熟虑，不仅仅是一个承诺，是一生一世的相互依偎。他们早已交付真心，在婚礼神圣庄严的时刻依旧感动。爱情的长廊挂满了风铃，两人一起走过，耳边都是欢悦的声音。无论爱情还是婚姻，于他们都是共沐阳光的晴天，只要身边是彼此便温暖。

古老的述说，传统的仪式，他们愿在漫漫岁月中共同老去，爱情中没有比这更浪漫的事了。

# 异国里的苦与欢

游走于南北间的过往，细雨如丝，鹅毛大雪。他们一同看过了风花雪月，穿梭在人群中，人来人往分不开他们牵着的手。相隔两地，笛声阵阵，吹拂过藤椅的花香，夜长梦也不曾多。若是有梦，梦里人也始终如一。飞鸟和鸣，彼此吸引，离得远也终会一同飞舞。潇潇烟雨洒在南国，穿透朦胧的雾探寻着前方的路，无论美景与落英，一起走过都是素手间生出的美梦。杨绛与钱锺书有共同的信仰，虽喜好不尽相同，但始终携手同行。为爱情，为理想。

著名学者胡清河曾评价杨绛与钱锺书："钱锺书、杨绛伉俪，可说是中国当代文学中的一双名剑。钱锺书如英气流动之雄剑，常常出匣自鸣，语惊天下；杨绛则如青光含藏之雌剑，大智若愚，不显锋刃。"钱氏夫妇不仅于文学上有所契合，均有成就。他们从相恋开始便一同携手走过了诸多道路，直至生命的尽头，依旧舍不下彼此。杨绛与钱锺书两人生命轨迹中有太多重叠的地方，他们走在同一条路上，却瞧见了不一样的风景。他们互相分享自己看到的美丽，始终不放开的是牵在一起的手。

江南的好风光是杨绛、钱锺书生命最初的足迹，十多年看遍了城中的小桥流水人家，也未曾看到对方的身影。杨绛幼时还曾随母亲去过钱锺书家中一次，也未曾遇见钱锺书，直到在清华大学他们才得以相遇。兜兜转转，和时间一起奔走，每一个节点都未经计算，却都刚好。爱情来得悄无声息，一步步走向婚姻的殿堂。

在那场多年后依旧记忆犹新的婚礼上，大大小小烦琐的事情耗费了杨绛与钱锺书太多体力，娇艳似火的太阳又使两人止不住出汗。闷热的天气和过度的劳累一并袭来，杨绛与钱锺书在婚礼后竟双双病倒了。两人本就不是身体硬朗之人，这一病便在床上躺了许多天。杨绛身子瘦弱，在闷热的天气里折腾了大半天，婚礼前后也一直忙忙碌碌，病得更为严重。回门宴当天，杨母悉心准备了许多，烧了一桌好菜，只等女儿带着丈夫回门。从白天到黑夜，这一天过得十分漫长。杨绛与钱锺书始终没有到来，杨家人不禁担心起杨绛的身子。父母将想见女儿的心暂且搁却在一旁，只希望杨绛能早日康复。

杨家本不是规矩死板的人家，未能按时回门在杨父杨母看来也不是什么大事。对他们而言，女儿的身体才是最重要的，那些莫须有的礼节从来都微不足道。十多天后，杨绛的病终于慢慢好了起来。而钱锺书此时早已不在家中，病好之后，他便赶去参加出国前的培训。出国前准备时间匆忙，事情被安排得满满当当，两人生病已耽误了许多事情。最后，杨绛由小姑陪着回门。这是杨绛出国前最后一次回家，也是同母亲此生的最后一次相见，当时的杨绛丝毫没有想到“世事无常”这几个字。只觉得要与家人分开了，难以舍下心中对家的那份眷恋。婚后杨绛的心情更加微妙，她知道自己迟早要离开父母，只是依然不舍。

杨绛虽病好了，身上还留有许多红疹未消退，母亲看着阵阵心疼，带杨绛去看了医生，再三嘱咐杨绛出国后要好好照顾自己。杨绛不在意身上的红疹，与母亲有说不完的话。她贪恋母亲怀中的温度，想要再多看一眼母亲，多停留些时间。曾经在家中，与父母的聊天说笑、在各处奔走是她的日常，而现今竟成了奢望。杨绛不由得忆起了儿时的光阴，那时自己想快快长大，做大人做的事。长大后发现大人做的事许多都不能随心如愿。她抓得住自己想要的，却始终无法让时间逆行，成年人都要有自己的生活，她没法赖在父母身边，必须要撇去心里的种种念头。

故乡的月笼着一层轻纱，披在大地。黑夜下，水面也波光粼粼，一片柔和。走过千万遍的道路，却只在离别前才想要再走上几遍，将每一处风景都刻在心上。没有雕栏玉砌，停留在眼睑只是明媚的阳光，小城里说不完的故事永远记挂在杨绛心头，别离只是一时的，不知归期但闻相思。离出发的日子越来越近，杨绛、钱锺书再三确认，终是准备好了。

真正的离别终究是来临了，火车的鸣笛声响起，吐着白烟。杨绛知道他们要踏上新的旅途，暂别亲人和朋友。埋藏在心里许多天的情绪在这个时候彻底爆发，那份不舍与难过随着火车的前行愈加深厚。杨绛靠在钱锺书肩上，他是她此时唯一的依偎。前方的路充满迷雾，不知通向哪里，但有钱锺书在身边，她便多一分安心。杨绛知道，往后的时光她与身边的人将绑在一起，互不分离，他们将共同面对新生活。离别的情绪止不住，眼泪都快要在眼眶中打转了，幸而身边有他。

火车从无锡路过苏州时，杨绛更是忍不住想要奔回家去，只是她不能。后来她才明白这是“征兆”，她与母亲此后再也不能相见了。世间所有的相遇、分离都是没有道理的，不经意间就画上了句号。杨绛用力忍着想要回家的冲动，记忆中母亲温柔的耳语、父亲细心的教导都涌上心头。她紧紧握住了身旁人的手，她需要安慰与力量，他是她心中最坚实的依靠。难过是一时的，他们在一起的时光更加难能可贵。无论今后生命中出现什么，他们都拥有彼此。

漫长的海上之旅渐渐冲淡了杨绛的愁思，他们要在海上度过一个月才能到达英国。漂泊在海上，杨绛想起了曾经从北京回南时坐船的景象，那时的自己还十分年幼，不懂什么叫作回南。现在她漂洋过海要去往更远的地方，在书中看过许多次的场景不知是否真的如描述那般独具风情，她期待着到达这个新的国度，与钱锺书漫步在伦敦街头，沉溺在异国风情之中。

在船上一月的相处让他们更紧密地了解彼此，尤其是在生活方面。此前，他们也只是婚后短暂地住在一起，并且有下人伺候着。在船上，只有他们二人，一切都暴露无疑。杨绛本是不相信钱锺书在生活上真如他自己所说那般笨拙，在船上相处时，她便知道他并没有同她开玩笑。看着钱锺书的日常，杨绛总是禁不住在心里笑，她的丈夫笨拙得十分可爱。做起学问来俨然有着大师风范，与她谈论起文学典故或是风土人情，总有说不完的话。而在面对生活中的琐事时，钱锺书又总是让人啼笑皆非，极大的反差反而让他们的生活多了一份喜感，日常也有了许多丰富的故事。譬如说他竟然不能将鞋带系成蝴蝶结的形状，杨绛也领略到了她的先生是真的生活不能自理。

杨绛出国是因心中存有留学梦，更是为了与钱锺书携手并进，照料他的日常生活。杨绛曾说：

我做过各种工作：大学教授，中学校长兼高中三年级的英语教师，为阔小姐补习功课，还是喜剧、散文及短篇小说作者等等。但每项工作都是暂时的，只有一件事终身不改，我一生是钱锺书生命中的杨绛。这是一项非常艰巨的工作，常使我感到人生实苦。但苦虽苦，也很有意思，钱锺书承认他婚姻美满，可见我的终身大事业很成功，虽然耗去了我不少心力体力，不算冤枉，钱锺书的天性，没受压迫，没受损伤，我保全了他的天真、淘气和痴气，这是不容易的。实话实说，我不仅对钱锺书个人，我对全世界所有喜读他作品的人，功莫大焉！

如此理直气壮地说出这番话，杨绛的确为钱锺书付出许多，她时刻护着他，为他打理好了生活上的一切琐事。钱锺书在国外留学时得益于杨绛的照顾，才少了生活中的许多麻烦事。这份照料，钱锺书甘之若饴，杨绛心甘情愿。

海上的月亮总让人觉得格外的美，夜晚衬得海更加辽阔。在船上望向窗外，只有一轮明月，和没有边际的海。没有高楼与夜弦，看不见岸，茫茫的海水不知漫延到何处，安静的夜不由得生出了恬静的安详。星光点点，人声杳杳，轮船的光亮也融入月光笼罩的海面，与明月遥望。海风拂过面庞，清冷的风吹得人更加恍惚迷离。远方，不知还要经过多少个夜晚才能抵达。令人欣喜的是，这样的夜足够美，沉醉人心。

漂泊在海上，每天看到的都是壮阔景象。蔚蓝的天，偶尔有大朵的云，绵延不尽的海，周围再无其他。没有千帆过尽，只偶尔遇上一两只轮船，交臂而过。这是何其难忘与不同的记忆，与蓝天大海共同生活一个月之久。身边还有着自己相爱之人，说不尽的浪漫在海上激起浪花。不说一句情话也足够动人，景色宜人。轮船渐行渐远，与故土告别，伦敦即将出现在眼前。无论身处何地，杨绛与钱锺书始终在一起。

# 妻子，情人，朋友

红霞映衬着一幢幢欧式建筑，层叠的云彩闪着金光。阴雨连绵的英国，这样漂亮的晚霞不多见。沐浴在霞光的长河里，走在牛津街头，等待落日圆。傍晚时分，白天黑夜交替，世界即将陷入黑暗，这个时刻平添了几分魅力。短暂的美好光景映入眼帘，带着对方的笑。漫步在牛津的旧时光就此留藏在心间，伴随着余生。几年的岁月于往后是不可磨灭的印记，时间在走，倒映着过往。

英国秋季开校在十月，杨绛与钱锺书到来时尚早，便打算先游览一番，领略英伦风情。轮船停靠在伦敦，杨绛与钱锺书一下船便感受到了与故国截然不同的气息。他们读了不少外国文学，提到伦敦这座城市的更是有许多。书中将伦敦每一条小街都描写得十分有情调，历史与现代并存，走在街上的行人都是绅士和淑女，谦让而有礼。随处可见咖啡馆和下午茶，都是消遣时光的好去处，只静静地坐着便能安享半日浮华。

读书时在脑中想象着另一个国度的生活，真正到来后看到一处处的风景又是另一番感想。眼前看到的同书中说的都能对上号，与想象的又略不同。新奇的感觉击中内心深处，这儿对他们而言又是一片新天地。前方的路还很远，他们愿让灵魂在这儿搁浅片刻。

钱锺书与杨绛来英国时，钱锺书的堂弟钱锺韩已在伦敦帝国理工学院研究生院读书两年，弟弟钱锺纬也同样在英国。得知钱锺书来英国留学的消息，二人相约在伦敦与钱锺书夫妇相见。兄弟三人许久未见，现又一同生活在英国，有着说不完的话。两位弟弟听钱锺书讲家中发生的事情和国内的情形，也将英国的人文风俗和自己在国外遇到的趣事讲与大哥听。一番叙旧后，四人在异国多少有了家的归属感。在英国往后的日子里，他们也时常相互看望，一同游玩。

钱锺书的两位弟弟带初来乍到的两人去了伦敦的一些标志性建筑。要感受英国的文化底蕴，一定要去大英博物馆。杨绛与钱锺书看过摆放整齐的一件件纪念品，像是穿过了数百年的时光，兴盛与衰败交替，西方的人文与艺术震撼着他们。缓缓走在博物馆，轻听时间的耳语，如一场大电影在眼前放映。落幕后，情感还不曾从宏大的史诗中抽离。他们还结伴去了几个画廊，色彩和结构、抽象与写实，与中国风的画作没有丝毫相似之处。他们看到了世界更多的部分，也更加虚心与包容。梦想是华丽的辞藻，生活如朴实的素衣。

走在伦敦街头的日子翩然而过，杨绛与钱锺书该前往牛津注册入学了。不短不长的时日他们与英国初相见，握手示好，也与如江南般的阴雨天拥抱。喜欢阳光的人是不适合来英国的，这里一年中阴雨天是极多的。还好杨绛与钱锺书本就生长在江南水乡，对这样的天气也是习惯的。若是遇上万里无云的晴天，便更为珍贵，心情怕都是要好上一整天。

牛津大学是英国最古老的学校，是知识的海洋，有着水天相连的深远。这里的学问无穷尽，足够每一个来这儿学习的人探索。钱锺书在牛津大学注册十分顺利，因为是公费出国，早已有人安排妥当。钱锺书将在牛津大学埃克塞特学院攻读学士学位。相比于钱锺书，杨绛就没有那般顺利了。因为是自费读书，一切手续都要自己来办理，杨绛本想选择喜欢的文学，可惜名额已满，只得退而求其次选择历史。与钱锺书不同的是，杨绛是一名旁听生。起初，杨绛也曾遗憾，自己何尝不够优秀，那时她还不懂得造化弄人。后来，随着时间推移，杨绛便也释怀。

在离开牛津多年后，杨绛还很好地保存着钱锺书的一件黑色背心。这是钱锺书在牛津大学读书时自费生的象征，后面还有两根黑色的飘带。虽然钱锺书是公费出国，在牛津依旧算自费生，因为他并未拿到牛津的奖学金，是国家支付学费。除了自费生，这件背心还意味着钱锺书是牛津大学中的一员，是正式生。而杨绛只是旁听生，并没有这件背心。这件衣服曾让杨绛心向往之，包含的不仅是她与钱锺书一同在牛津大学读书的岁月，更有着青葱年华的一个梦。杨绛始终善于为人着想，在艰难岁月，她不忍再让家中花费高额的学费。

心中虽有不甘，杨绛的目光很快便被牛津大学的图书馆所吸引。牛津大学的博德利图书馆堪称世界一流的图书馆，比之杨绛在国内最喜欢的清华图书馆还要大上许多。早在十五世纪，便有图书公司为博德利图书馆免费提供书籍。时间久了，最初的博德利图书馆早已放不下那么多书。只好一次次地扩建，将周边房屋都扩为博德利图书馆的一部分，还向下挖出地下室来藏书。尽管如此，图书馆的空位依旧未能满足图书数量的增加，最终便只得在牛津大学各地修建专题图书馆，多达几十个。这样丰富的馆藏对杨绛和钱锺书实在是再好不过。这大抵是牛津最让二人兴奋的地方。

杨绛与钱锺书的作息和学习安排十分不一样，如出一辙的是两人都十分用功，不曾虚度光阴。钱锺书向来习惯早睡早起，杨绛则倾向于晚睡晚起。杨绛羡慕钱锺书的课表排得满满当当，每天的日程原本就足够丰富，不像自己的课表一般松散，每日上课不多，主要在图书馆读文学书籍。钱锺书与杨绛看法相反，他情愿同杨绛交换课表。钱锺书喜欢读书，不分类别，只要是优秀著作，他都会看。每次读书他都会认真地做读书笔记，这点对杨绛影响颇深，杨绛后来看书也都会做读书笔记，记录书中的精髓。

钱锺书对功课反而不怎么上心，从来都只是在课堂上听听，私底下并不准备。为此，还有一门课曾不及格，只得在假期温习等开学后补考，那可能是钱锺书最用功读课本的一次了。杨绛对功课则十分认真，每堂课都认真做笔记，私下也会再认真复习。不同于钱锺书的博览群书，杨绛读书集中在外国文学，尤其喜欢古典文学和现实主义作品，这类书籍更加贴近生活，囊括许多世俗道理。杨绛心中更多的是理智，而非浪漫情愫。她看得到世界应有的模样，并不喜欢饱含深情的浪漫文学，她认为跌宕起伏的感情更多的是虚幻，离现实相去甚远。

在牛津读书的日子，杨绛有了许多空闲。空闲时间杨绛基本都一头扎在图书馆中，她在图书馆中占了固定的位置，借了许多书，一本一本地看。这样的时光如明媚的阳光般慰藉着杨绛，她原本感觉自己读书不够丰富，在牛津图书馆她有了绝好的机会。数不清的外文原著，还有许多中文文献可以参读。杨绛读的书中有莎士比亚作品，也有普鲁斯特的《追忆似水年华》，古典与现实文学对她影响颇深。

英国大学的学期安排与国内不同，一年有三个学期。一个学期共有八周课时，学期结束后又有六周假期。直到第三个学期结束便是三个月之久的暑假。钱锺书自然喜欢这样的安排，这样他便有了许多可以自由安排的时间，不必像在学期中每天忙着上课了。假期两人去的最多的地方依旧是图书馆，他们一同前往市图书馆借书，往往借期未到便已看完，再去借新的图书来看。在家中的大部分时间两人也都是专心于看书，互相不打扰。两人经常一看书便是一整天，时光静好，他们享受这样恬静的生活。

初来牛津时，杨绛与钱锺书租住在同为中国人的老金家。他们有一间卧室，也还算宽敞，打开窗户便看得到后花园，空气十分清爽。在老金家他们什么都不用做，只管做自己喜欢的事便好。每日三餐加一顿下午茶，杨绛与钱锺书只需按时到饭桌吃饭。每日傍晚吃过饭后，杨绛与钱锺书一同出去散步，留时间给老金妻女收拾他们的卧房。外出散步对于夫妻二人也是趣事一桩，他们每次都走不同的小路，美其名曰"探险"。牛津不大，饭后散步便可以绕这座小城一圈。每一次散步，映入眼帘的都是不同的风景，他们总是走得很慢，一点点欣赏路边美景，也是养神。

在英国的日子里，杨绛与钱锺书还养成了喝红茶的喜好，也成了他们一生的小嗜好。下午茶是英国人必不可少的，红茶是下午茶的关键。杨绛在同学那儿学来了泡红茶的技巧，试了几次，便泡得十分好了。钱锺书后来每天早上必会喝一杯红茶。后来他们回国后没有了可以泡出红茶的印度茶叶，为此二人苦恼了许久，自己琢磨将三种茶叶混合配出了相近味道的红茶。悠闲的时光，看窗外鲜花朵朵，品着茶，放空自己到夕阳洒在身上，凝结成点点微光。这样的时光怎能不惦念？在很久以后，拿起手中的茶杯，回首依然看得见如梦般的英伦时光，惬意无比。

杨绛在《我们仨》中曾怀念在牛津的这段安详岁月："牛津是个安静的小地方，我们在大街、小巷、一个个学院门前以及公园、郊区、教堂、闹市，一处处走，也光顾店铺。我们看到各区不同类型的房子，能猜想住着什么样的人家；看着闹市人流中的各等人，能猜测各人的身份，并配合书上读到的人物。

"牛津人情味重。邮差半路上碰到我们，就把我们的家信交给我们。小孩子就在旁等着，很客气地向我们讨中国邮票。高大的警察，戴着白手套，傍晚慢吞吞地一路走，一路把一家家的大门推推，看是否关好；确有人家没关好门的，警察会客气地警告。我们回到老金家寓所，就拉上窗帘，相对读书。"

时光安然流过，静谧的黎明透着光，时不时阴冷的天留下的是温暖的记忆。睡梦中的呢喃，声声入耳，流年清浅，筑成了最好的时光。这里只有他们两人，一间房便是他们小小的世界，演绎着他们的欢喜。萦绕心头的梦在好的、坏的日子里都念念不忘。夜晚悄悄来临，一轮明月当空，异国他乡满腔的思乡情已被入梦的人打碎。眼前的欢快早已填满心中，无处安放愁思。

# 崭新的风景，崭新的未来

岁月是一首欢歌，把玩着手中的梦，眼眶时不时湿润了起来，寻寻觅觅，过往的云烟不再遮挡着前路。一路上，有欢笑，亦有苦难。只要是“我们仨”，便终究是幸福的。生命的丰盈是流经年月的宽阔，拥抱世界的多姿，冠以五彩的愿景。喧嚣的声音处处都是，心中的恬然是无瑕的净土。浩荡的声势也只是平淡岁月的一隅。

清晨睁开眼看到的是异国的景，住了许久也还是未能融入心间。所谓客居他乡，终究不是故土。没有熟悉的泥土芬芳，同样的天气，烟雨连连，却寻不到相似的感觉。街上的建筑，来往的人们，与故乡都相差甚远。所幸，杨绛与钱锺书拥有彼此，他们在的地方便都成了家，燃起温暖。在英国的两年时光如同从故事中偷来的一般，总带着份新奇，环绕在心间。编织着美梦，此生这样的风情只此一场。

杨绛与钱锺书出国，真正离开了家人，只能彼此依偎。从前，他们有许多不懂，生活的琐事并不一一由他们自个应对。在国外的光景，他们需齐心协力面对生活上的种种困难，这于他们是一次注定要有的成长。在雨中露出明媚的笑，抛却心中的顾忌，细细体味每一般滋味。钱锺书向来不把这儿当作一回事，生活上的事主要依靠杨绛。遇到困难时，钱锺书又往往站在杨绛前面。这是他们独有的相处模式，钱锺书有诸多不会，却总能在杨绛需要时带给她宽慰。杨绛本是双手不沾阳春水的女子，为了钱锺书她也愿意一一从头学习。

两两相望，倾尽一生柔情，风飘动着，吹来琴音阵阵，他们谱出一世的琴瑟和谐。风雨袭来，再过盛大，他们也同有避风的港湾。等风过雨停，花开满地，又是一派好春色。杨绛用心守着钱锺书，他的笨与拙，在她眼中都是难能可贵。她愿守着钱锺书这份纯真与痴心，无惧自己多付出，多学习。因为钱锺书，杨绛才成了世人眼中的她，钱锺书亦是因为杨绛才写得出《围城》这样的作品。

钱锺书与杨绛在国外的生活成了他们生命全新的体验，每一天都是冒险，他们都乐在其中。平凡的日子被包裹上了不一样的色彩，寻常人家的日常生活被他们演绎成了生活中的一场场好戏，好生有趣。他们的生活充满了意外与乐趣，他们也不曾懊恼，只当是生活的必经之事。

钱锺书到牛津的第一天便出了名。不是因为学识的广博，也并非是才气震慑了牛津大学的其他学生，只因下公交车时钱锺书没站稳，瞬时间便与大地来了个亲密接触。在校门口有如此壮举自然吸引了不少人，大概许多年来牛津大学校门口还不曾发生这样的事。这一摔可真是十分惨烈，钱锺书当下摔断了半颗门牙，鲜血直流。杨绛见到这般场景也吓傻了，赶忙拿出一条丝帕给钱锺书止血。两人迅速回到了老金家的寓所，幸好同样租住在老金家的两位医生也在，他们建议杨绛立刻带钱锺书去医院拔了断牙，再重新补一颗牙。杨绛这才带钱锺书到医院处理好了那颗断牙。

在老金家的时光是惬意的，两人对现在的生活也颇为满意。每日有书可读、有课可上，饭后还能携手散步，这样的日子是散着光的。行云流水间身心舒畅，这个陌生的国家已渐渐变得熟悉，他们适应得还不错。在老金家住了一段时间后，伙食没有起初那般美味了，餐食变得不再符合钱锺书胃口，他不吃一些西式的食物，也不吃干酪。杨绛饭量小，便将自己那份食物里钱锺书能吃的分他一半。杨绛是细心的女子，时刻为钱锺书着想。即便如此，她还生怕钱锺书吃不饱。

钱锺书心十分宽，安慰着杨绛说自己不介意这样的伙食，尚且可以度日，不是什么大事。杨绛看着身形日渐消瘦的钱锺书感到心疼不已，她舍不得让丈夫吃这份苦。他不在意，但她一心想着要照顾好他。杨绛萌生了从老金家搬出去的念头，她想找一处更宽敞的房间，可以有厨房方便她做饭。钱锺书听后不太赞同，杨绛几乎从未做过饭。在钱锺书看来，妻子不必去做这些，他不舍得她为他洗手作羹汤，也担心她并不能胜任。

搬家之事虽未得钱锺书赞同，但也未使杨绛打消心中的念头。杨绛继续关注着报纸上有关租房的信息，也看过好几处房屋，只是环境都不甚满意。直到有一天杨绛忆起了与钱锺书散步时曾路过一个小区，看到了墙上粘贴了出租房屋的信息。杨绛便寻着记忆去了那处房屋，墙上的租房信息已经不在了，杨绛思考了片刻，抱着一丝希望敲了门。主人开了门，见是一位彬彬有礼的东方女子，眼前的人不禁让她联想到遥远的神秘古国。主人并未多说什么，直接领了杨绛去二楼看房。

寻寻觅觅间，总会遇见心中红瘦绿肥的好风景。云卷云舒，漫过心头的是对生活的期盼，梦总该是美的。心向往之，梦总归是融入了现实。对杨绛，这仅仅是生活，是她与钱锺书两人的幸福。偶然间的尝试未承想是一场惊喜，杨绛随房东上了二楼看见房屋的模样，心中顿时欢喜万分。房屋分起居室与卧室两间，还带着一个大阳台，有独立的卫浴。环境比老金家的房屋好上些许，离学校也更近。房屋租金自然也比老金家的贵上许多，好在还在两人承受范围内。杨绛当天回家便与钱锺书说了这桩事，隔天便领钱锺书又去看了一遍。房屋环境与地段的确都好，房东达蕾夫人虽不是中国人，也十分友善。钱锺书看过后也赞同杨绛搬家之举。

确定了新住处，自然也要添置些新物件。仔细查看了屋里每一处，两人列了一份清单来购置紧缺的东西，俨然一副过日子的派头。房间收拾妥当了，接下来要解决的自然是做饭问题，这可是此次搬家的要紧事。杨绛虽没有做过饭，却对此事有着极大的信心。在往后的岁月，做饭一直是二人间的趣事，又爱又怕。多年后钱锺书为做饭划着了第一根火柴，像个孩子般向杨绛炫耀，骄傲之情溢于言表。杨绛曾说若是不需要吃饭，生活便更加完美了。钱锺书却不依，他说自己无论如何还是要吃的，这是人生一大趣味。

两人刚开始做饭并不顺利，钱锺书想吃红烧肉，杨绛便买了肉回来准备炖。没有合适的刀具，杨绛便用大剪刀将肉剪成小方块放入锅中。两人将火开大，目不转睛地盯着那锅肉，加入生姜与酱油，等汤汁干了便再添水去煮。如此反复几次，过了许久将肉倒入盘中准备食用。两人原以为会是一顿美味佳肴，未承想不仅没有味道，还难以嚼动。满心的期待化为了泡影，这顿红烧肉实在是不如人意，勾起了心中的那份渴望，却未曾满足味蕾。最后满满的一盘肉已记不清是如何被消灭的了。

酱油在牛津不多见，是中国特产，但与国内味道相差甚远，不鲜且咸。杨绛想了想觉得调味品选用得并不合适。再回想母亲做果酱和煮肉时似乎都是用文火，并非大火，这也是有科学依据的。于是，杨绛在这两个方面均做了改进，再次进行试验。她将肉放入锅中，再加入雪利酒充当黄酒，用文火慢慢地炖，不再将汤汁倒掉，等肉吸满汤汁。经杨绛改良后的红烧肉竟十分成功，钱锺书吃得很欢喜。有了这样成功的冒险，杨绛便用此法煮其他肉类。还有一次，杨绛将羊肉剪成细丝，两人便站在锅边用这种方法涮羊肉吃，还将蔬菜放入汤锅里煮着吃。此后，杨绛又试着炒菜，竟也成功了。

杨绛还在新居所附近的食品杂货店定了每日的鲜奶与面包，每天清晨都有人专门送来家门口。鸡蛋、茶叶、黄油以及香肠、火腿等熟食，鸡鸭鱼肉、蔬菜水果食品杂货店都有，只需前去挑选好，便会有人负责送上门来。不用当场付款，每两星期结一次账即可。杨绛从不拖欠账单，店家也将她看作是老顾客，在她选到陈货时加以提醒，有新鲜的货到了也会特意告知她一声。每次杨绛都会算好要定的食材，钱锺书称她为“料理柴米学当家”。

杂货店中还有带骨的咸肉与活虾，咸肉与其他鲜肉一同煮有着独特的风味，杨绛时不时也煮一次。活虾就没那么好处理了，杨绛打算用剪刀剪去虾的长须与脚，她刚剪下去便感到虾在手中抽搐，便立刻奔出了厨房。杨绛一颗温柔而善良的心让她以为自己弄疼了虾，心里过意不去。她说与钱锺书听，还提议以后不再吃虾。钱锺书听完后同杨绛讲道理，说虾不会像她那般疼，他还是要吃虾的，以后可由他来处理。在两人的一番探索下，日常的吃饭问题得到了很好的解决。这一过程对两人而言也是趣味十足，像是从未见过的天地般吸引着他们。

最令杨绛难忘的是在他们入住新居的第一个清晨，钱锺书起得很早，为她准备了丰富的早饭：

他煮了“五分钟蛋”，烤了面包，热了牛奶，做了又浓又香的红茶；这是他从同学处学来的本领，居然做得很好（老金家哪有这等好茶！而且为我们两人只供一小杯牛奶）；还有黄油、果酱、蜂蜜。我从没吃过这么香的早饭！

当杨绛看到摆在眼前的食物时，又惊又喜，她从未感觉如此幸福。此后许多年，钱锺书都这般为杨绛做好早饭。杨绛与钱锺书厨艺都算不得精湛，煮出的食物不一定算得上美食，却蛊惑着彼此的心。食物留在味蕾，于钱锺书而言，杨绛做的饭便是世间最美味的。正如同钱锺书未必是世上最好之人，但杨绛爱他，他便是最好。

世界很大，浩渺的天空与广袤的大地，人们穷极一生也不一定走得完每一处。美景有许多，美食也不少。将一日三餐都吃出乐趣的却不多。有爱，每一餐便都是人间美味。远离故土的一方土地，家乡的食物成了心中的慰藉。他们在浅浅岁月中相拥，不曾辜负心中的爱，将生活过成了爱的模样。

# 第四章

# 沉浮

抚摸生活的纹路，感受命运的悲欢

# 迎接我们的星海小姐

温暖的光顺着枝头洒下，映衬着世间最纯净的面庞。时间慵懒地滑过，步伐依旧如梭。多年后，翻转了许多个季节，眼前的人儿早已忘记最初的模样，她不知自己到来的那一刻父母是怎样的欣喜与激动。那一瞬扎根在母亲心中，痛得淋漓尽致，也欢喜得如释重负。注视着小小躯体的目光是那样的温柔，愿将一生都奉献给这个小小的生命。挥动着四肢只会哇哇大叫的孩童不知自己有多么的幸运，她的降生本就带着满满的爱。今后，无论如何，都将有两个人不离不弃，陪伴着她。

对于孩子，母亲是可以付出许多的，这是天性使然。汩汩流出的清泉甘甜可口，只为路人解渴。母爱向来都是伟大的，在新的生命到来前，还未为人母的女子还有心思伤春悲秋，有了新的生命后便什么也顾不得了，生怕哪里出了错。任凭孩子出生前如何作想，孩子出生后一切都会变得不同。在新生命到来前，如何想象都无法触到他真正到来时的心境，就连眼前哭花了的脸也觉得分外可爱。明媚或忧伤都不再重要，只要怀中的婴孩儿露出笑容便是一片晴朗。所有的情绪都沉溺在孩子一哭一笑间，明知道他还不曾懂事，却在意极了他的每个动作。

杨绛与钱锺书来到英国的第二年迎来了独属于他们的小生命。一开始，杨绛有些不知所措，她全然没有准备，还未想过为人母之事。只是每天读书与操持家务，同钱锺书沉溺在各种各样的“冒险”中。突然，她发现自己肚中竟然有了个小生命，她还没想好要怎么照顾她。这件事情，她与钱锺书还从未考虑过。茫然之外，杨绛又有些小兴奋，一大串疑问出现在她脑海，她肚中的孩子是男是女，生出来是什么模样呢，她要如何同这个孩子相处，现在她要为这个孩子做些什么呢。

这个小生命的到来便是“我们仨”的开始。多年后，杨绛写下《我们仨》:“我们这个家，很朴素；我们三个人，很单纯。我们与世无求，与人无争，只求相聚在一起，相守在一起，各自做力所能及的事。碰到困难，锺书总和我一同承当，困难就不复困难；还有个阿瑗相伴相助，不论什么苦涩艰辛的事，都能变得甜润。我们稍有一点快乐，也会变得非常快乐。所以我们仨是不寻常的遇合。”

那时世间只剩杨绛独自守候着“我们仨”，她依旧按照自己的方式活着，念着过往在一起的欢快时光，从最初到最后。这便是她一生最大的成就，她无怨无悔，只感到万分幸福。杨绛从来不曾是孤身一人，她心中始终有“我们仨”，回望着过去时光的倒影也足够慰藉余生。她说：“我这一生并不空虚；我活得很充实，也很有意思，因为有我们仨。也可说：我们仨都没有虚度此生，因为是我们仨。”

钱锺书最初知道消息时，不像杨绛般激动，他十分欢喜，感情却内敛。对于这个孩子的到来，他们从未想过阻止她的降生，只是有些意外，更多的是欢喜。好在杨绛本就有许多自由时间，怀孕了也没有什么大的影响。杨绛本以为怀孕后自己还能做许多事情，只当肚子里多一块肉。却不承想这块肉着实闹腾。杨绛的精力也不似自己想得那般好，有了孩子后她的心力都打了对折。许多日常上的家务都改由钱锺书承担，杨绛怀孕时，钱锺书十分体贴，只要是力所能及的事情，便都亲力亲为。他总念着的便是：“我不要儿子，我要女儿——只要一个，像你的。”

世上女子万千，在钱锺书眼中，杨绛便是最好的，他一心只想只愿有个如她一般的女儿，不求其他。对于腹中胎儿性别杨绛是没有要求的，女孩子她也是喜欢的，只是她倒更希望这孩子像钱锺书，而并非是她。妊娠反应时不时出现，杨绛真正怀了孩子才明白母亲的艰辛与不易。不禁回想起在过往的年月里母亲的种种伟大，每一声“阿季”都是母亲心头深深的牵挂。她时不时抚摸着自己的肚子，期待着这个小精灵来到世上，与他们一同组成一个小小的家庭。

钱锺书尽自己所能悉心照料着杨绛，带杨绛去医院产检。他专门找院长推荐好的医生，院长以为他是想要找一位女医生。钱锺书摇摇头，说自己要最好的医生，他不怀有性别的芥蒂。老枝又长出了嫩芽，萋萋芳草绿意更深。含情脉脉的春也走到了尽头，又是一片花红柳绿，行人也换上了彩衣，与春意相呼应。他们的孩子也即将来到这个大千世界，探寻生命的真知。

离预产期越来越近，杨绛整日都躺在床上休息，钱锺书更是小心翼翼地照看着。腹中的小生命带给他们无限期待，他们已经等不及想要见到她了。小生命似乎是与他们故意玩乐，又或是贪恋母亲怀中的温暖，迟迟不肯出来，出生日比预产期晚了整整一周。在一个清晨，这个小生命终于有了要出来的迹象，钱锺书赶忙将杨绛送去医院。到了医院后，却并不顺利。等待了一天，孩子还没有出来，直到第二天才开始生产。孩子无法顺产，最后在人工助产的帮助下才成功诞生。

孩子刚出生浑身都有些发紫，也并不哭喊，这是由于生产时间太久，长时间憋气所致。护士不停地轻轻拍打着婴孩儿小小的身子，直到她发出了响亮的哭声。因哭声实在太过于响亮，护士还为孩子取了一个称号“Miss Sing High”，音译是“星海小姐”，译义则为“高歌小姐”。“高歌小姐”就此来到了杨绛与钱锺书的生命中，成了他们一生心中的守望。杨绛刚看到女儿只觉得她又小又丑，却是她的心尖肉，对造物主肃然起敬。钱锺书看到女儿的第一眼只说了：“这是我的女儿，我喜欢的。”初为人父的喜悦，这一句足以言喻。后女儿听闻在她出生时父亲说的这句话，一直感动并心存感激。

外国没有坐月子的说法，杨绛身子柔弱，在医院多住了些日子，与坐月子也无甚差异。只是杨绛坐月子的这段日子，钱锺书在家中的生活便如一团乱麻。没有了杨绛的照料，一切都失了常。杨绛在医院期间一边养身子，一边同护士学着照料孩子。换洗尿布、喂奶，她一样样地学，在出院时已经可以独自照顾女儿了。钱锺书每天往返于学校、家中和医院，又在准备论文的答辩，整个人忙得不可开交，看到杨绛便安心了许多。他独自在家总少不了惹出“麻烦事”，每次讲与杨绛听，杨绛都如同哄孩童一般跟他讲没事，她都会处理好的。后来杨绛回到家中果真都一一解决了，杨绛在钱锺书心中是十分能干的，好像没有她解决不了的事情。钱锺书一直感激有杨绛这般好的女子在他身边，他只管做好自己就可以，无需操劳其他。

杨绛刚从医院回到家中的时日，钱锺书对她百般呵护，还亲手炖了鸡汤，并很有创意地将蚕豆剥好放入鸡汤中。杨绛看着那碗汤，都快要落泪，她不承想钱锺书还有这般心思。她想象不出钱锺书是如何炖好这锅汤的，也不知他究竟费了多少功夫。炖一碗鸡汤对在生活上笨拙的钱锺书已然不易，杨绛自然要感动许久。

女儿出生的消息通过书信传到了大洋彼岸，钱、杨两家人听闻后都欣喜万分。钱基博老先生还特地为孙女起了名号，名“健汝”，号“丽英”。可惜这样的名字并未得到二人中任何一人的赞同，读起来总归是不顺口，写起来也免不了奇怪。夫妻二人一思量，为女儿起名为钱瑗，大方得体又朗朗上口。他们更习惯唤女儿圆圆，这便成了她的小名。有时，杨绛也叫女儿阿圆。每当她念出“阿圆”，便想起了母亲唤她“阿季”的那些日子。有了圆圆，她才真正懂得了母亲过去许多年的操劳。

圆圆出生不久后，便要跟随父母离开英国，去到一个新的国度——法国。杨绛与钱锺书还在牛津读书时便已双双在巴黎大学进行了注册，当时他们已符合要求。钱锺书在牛津大学顺利毕业后，拒绝了学校提供的中文讲师的职位，前往法国继续深造。两人带着还未满周岁的孩子辗转奔波，自然少不了辛苦。沿路却也遇到了许多趣事，在过海关时，因杨绛抱着圆圆，海关未曾检查他们的行李，让他们快速通关。踏上了新的国度，又是一番新的感受。挥洒不尽的法兰克风情融入心间，巴黎比牛津更适合生活。这座城市骨子里带着浪漫，生活节奏也更加散漫，走在街上也觉得十分舒服，这儿是独一无二的。

巴黎的情调藏在每一处，粉墙蓝天，这儿可有许多天气晴朗的日子。埃菲尔铁塔是巴黎的象征，在巴黎每一处，都看得见它的身影。塞纳河从铁塔脚下流过，说不尽的艺术气息。街上处处有花，巴黎人的窗台都是鲜艳的。这儿的人最拿手的便是生活，穿过香榭丽舍大街，转眼看凯旋门雕琢的历史。这儿处处是美景，暗涌在空气间的罗曼蒂克时刻冲撞着人们的心。文化与艺术更是多彩，冲击和融合都是巴黎独有的魅力。古典与现代的结合，新潮与典雅的碰撞，巴黎有着无限的可能。若是到过巴黎，便知道什么才是生活的真谛。

杨绛与钱锺书来到巴黎后换了一种生活模式，他们融入了巴黎的气息，不似在英国时那般计划满满。他们依旧有各自的计划，也多了一份随性。只去学习喜欢的东西，过着喜欢的生活。比起研究学问，他们更多时候是在真正生活，体味巴黎的风情。多了一个圆圆，虽然生活麻烦些，却平添了许多趣味。杨绛在心中十分感谢这个小生命的到来，让他们的生活更加甜蜜，也让她与钱锺书体验到了为人父母的滋味。

圆圆的每一次欢笑在杨绛与钱锺书心中都是幸福的光影，他们愿用毕生守护着她，看着她一步步走出自己的一片天地，留下满园芬芳。“我们仨”的惦念从这时便已融入生命，彼此无法分割。抬头看天空，不论星光是否闪耀，只要这场生命的邂逅不曾分离，一切便都是好的。他们可以一同在黑夜中相拥，却难以在日光下独自一人徘徊。

# 一种不知名的预感

法国风景一片明媚，这里不像英国有许多阴雨天。走在街头，每一处地方都免不了勾起心中的百般想象，为之心动。斑驳的光流转在墙面的缝隙，站在窗边，拿一本书，倚靠在墙上，便成了一道动人的风景。生活的影子随处可见，最贴近现实的浪漫情调，在巴黎一切皆有可能，这大概是这座城市最吸引人的地方。流连在巴黎的怡人忘返，一家三口的幸福生活在这儿是新的篇章。此时杨绛还不知道故土已是“国破山河在，城春草木深”的颓然。

巴黎的一切都是无法抵挡的，生活中处处有着小情调。唯一不能使杨绛与钱锺书容忍的便是在巴黎的用餐时长。巴黎的房东太太同样热情，提供一日三餐只收很少的费用，每一餐都很丰盛，味道也着实不错。但每一餐按照顺序上菜，吃完一盘再上下一盘，一顿饭要吃上两个小时，这对杨绛与钱锺书而言都是不能接受的。他们有许多要做的事，这般享受他们是不敢消受的。如此散漫的生活偶尔一两次便足已，若是每天都如此吃饭，他们是万万不肯的，时间对他们来说向来宝贵。

为了节约时间，杨绛与钱锺书只得放弃与大家共进餐食，自己另起炉灶。如同在伦敦时一般，杨绛又研究起了各种食物，房东太太也很好心地传授她一些做饭技巧与法国菜的烹饪方法。钱锺书又可以吃自己喜欢的中餐了，圆圆对食物更是来者不拒，中西风味都受用。三人对改善后的餐食都十分满意，不仅节约了时间，也更对胃口。杨绛与钱锺书有了更多的时间读书，钱锺书在法国上学期间法语有了显著的进步，其他语言也有了精进。圆圆也被养得白白胖胖，看着便可人。这一切无疑都归功于杨绛。她为这个小家付出了许多，看着钱锺书和圆圆每天都开心，她便也欢喜。杨绛向来有自己的喜好，但没有什么可以抵过家的重要。

圆圆出生后，杨绛与钱锺书的生活大部分时间依旧用在读书上，不一样的是身旁多了一个圆圆。每当看到父母在看书，圆圆便伸手要去抓，看父母看得如此用神，心里以为必定是有趣的东西。圆圆的举动在杨绛与钱锺书眼中自然十分可爱，为了安抚圆圆，也使两人能安心看书。杨绛专门买了一把高脚凳回来，还在打折的书摊上淘了一本厚厚的大书。以后当杨绛与钱锺书读书时，便将圆圆放在高凳上，拿一支笔和那本大书给她。圆圆还不识字，却有模有样地在书上写写画画，自己也觉得好生有趣。三人一起的看书生活也成了日常的一部分，还好圆圆很听话并不淘气，为杨绛、钱锺书省去了许多精力。

巴黎充满了杨绛一家的欢声笑语，女儿的到来分散了她许多精力，也带给她诸多欢笑。若生活停留在此时，必定是一番怡人的景色。悲伤的洋流停不下脚步，也止不住痛苦。杨绛与钱锺书在国外的生活安然欢快，国内却早已是一片水深火热。跨越海峡的距离，信息传递并不迅速的年代，每一封家书要隔许久才传递得到，新闻也不具有极高的实效性，往往也会推迟些许。

自生下圆圆后，杨绛便与父母失去了联系。后来看到报纸上的新闻才知道国内许多地方已遭日军践踏。炮火声四起，普通百姓叫苦连天，乱世中大家都在逃难。从一处逃到另一处，躲藏在还未被侵占的地方。生与死更像是凭借着一种运气。正常的生活是不可能继续的，战争的苦难可想而知。中国正在遭受前所未有的劫难，在乱世中，每个人都如同蝼蚁，脆弱而无可奈何。生离死别成了家常便饭，枪林弹雨中缔造了太多悲伤，多少家庭妻离子散，家破人亡。

战争的事情杨绛是知道的，但家书中将一切都轻描淡写了，家人不想让杨绛担心，杨绛甚至不知道母亲已经离世了。在失去父母的联系后，杨绛从三姐处知道了父亲带苏州一家人前往上海逃难，动荡的世道，杨绛在国外没有危险，却心系故土，担心着父母与家人，她只求他们能平安。此时，杨绛满心担忧，却还未动回国的念头，她对战事的估计与真实的情况相差甚远。杨绛在法国过了新年后才从大姐寄来的信中知道母亲已经过世。

这样的打击对杨绛是头一遭。其实她早已有预感，在她收到的家书中始终没有提及母亲，这不合常理。杨绛在内心期盼母亲平安，只是未来得及在信中交代现况而已。可未承想她的担忧竟成了真，母亲是在去年十一月过世的，家人不想让杨绛担心，便隐瞒了下来，等过了新年才告知。信中的每一个字都深深扎进杨绛心中，令她痛不欲生。她从未想过有这样一天，一切都猝不及防，她竟连母亲最后一面都未能见到。出国前她还是依偎在母亲怀抱的孩子，两年多后母亲就这样不在了。

太多的遗憾和悲痛压抑在心头，杨绛止不住哭泣。钱锺书百般宽慰，她便努力忍着不哭，可心中的伤痛又怎能抚平，这世上她再也没有母亲。她刚刚明白母亲的伟大，还来不及向母亲诉说，便失去了母亲。母亲也还未曾见过圆圆。这些都令她无法释怀，她只觉得自己不孝。多年后杨绛还清楚地记得这种悲痛，也记得钱锺书一直陪伴在身旁，她才明白虽然悲痛万分，自己仍浸在幸福中。

日军发动侵华战争后，很快侵略之势便蔓延至全国各地，苏州也未能幸免。炮火连连，许多人流离失所，丢了性命的不少。杨家的房屋虽有些年头，看起来仍颇有气势。日军误将杨宅当作了政府基地，经常轰炸。为了躲避炮火，父亲带母亲、大姐、小妹前往郊区的朋友家中避难。母亲在避难中生了病，日渐憔悴。父亲想要找位医生来为母亲看病，但在乱世中困难重重。没有医生治疗，母亲不久后便撒手人寰。

母亲的离世对父亲也是极大的打击，可乱世中又能如何？父亲强忍着悲痛，简单处理了母亲的后事，只寻得一口薄木棺材匆匆将母亲下葬。父亲亲手挖开土壤，置入棺木。在下葬处做满了记号，等战事结束后再来寻找棺木重新安葬置办灵堂。携手多年的妻子就在自己眼前离开了人世，自己却无可奈何，父亲瞬时苍老了许多，只怨不是太平盛世。若非如此，妻子怎会如此轻易离世。国难当头，承受这份苦难的是每个普通人。

天边的霞映红了人们的面庞，与地上的鲜血相辉映。不是处处都流血，但哪里都是恐惧。曾经气势雄浑的东方文明古国现今一片狼藉，广大无边的土地种着的都是荼靡。花开得正好，心中早已是一片枯萎。渴望故土的温暖，不过是亲人怀中的温暖。世事无常，哪说得清始末。海面层层浪花飞舞，他们终要回归故土。

## 乱世的残酷的硝烟

黑夜的梦魇落在苍凉故国，风华的记忆蒙上了尘，看不真切。过往的痕迹只剩一丝烟云，勾勒不出曾经的灿烂时光。雾渐渐散去，梦早已消失不见。躲在年轮深处，听不清散落在繁华笙歌中的杳杳回音。长街深处，也许有花开，却不知要走过多少年月，才得以拥抱片刻的芬芳。日升日落，抬头看天空，在逃不开的艰难岁月里期许着，想念着。

杨绛的姑母杨荫榆也在这场巨大的国难中离世。杨绛姑母一生也充满坎坷，是中国第一位女校长。后来性情变得古怪，与人相处时多有不快。杨绛幼时十分惹她喜爱，杨绛也喜欢这位姑母，后来却没有了多少感情。虽性情不讨喜，但姑母始终献身于教育事业，为人正直，不曾畏惧其他。也正因如此，姑母才在战争年代壮烈牺牲。

杨荫榆当时住在苏州盘门，附近住的都是些普通百姓。日军侵占苏州后经常来此抢掠搜刮，杨荫榆无法容忍日军这种行径，便前去与日本军官沟通，财物也被退还过几次。杨荫榆还收容普通女学生在家中。杨荫榆的“多管闲事”最终为她惹来了杀身之祸。一天，杨荫榆被两个日本兵骗上了桥，其中一个日本兵一枪将杨荫榆打下了桥，落入水中。杨荫榆挣扎之余又被接连打了几枪，最后沉入水底。后来尸体被人拖上了岸，随意装入了棺材。

战争总是残酷的，人命在战场上十分廉价，普通百姓更是无法反抗。硝烟弥漫得愈加严重，无辜丧生的同胞越来越多。森森白骨堆起了整个民族的屈辱，鲜血横流在土地上滋长了阵阵痛意。这样的年月，能活着便是最大的幸运。举国上下，气氛大抵相同，没有人知道这样的日子还会持续多久，也没有人知道自己明天是否还安然活在世上，亲朋是否尚在。一切都是未知的，未知是最大的恐惧。不知何时便失去了所拥有的珍贵。

钱锺书家里的情况也不甚乐观，只知家人躲在上海法租界。兄弟俩在国外联系不到家人，不知道家中具体情况如何，也不知亲人是否都尚在人世。活着，成了乱世中最大的期盼，对自己与亲人都是如此。比起动乱的国内，法国一片安详。留在法国意味着人身安全有保障，可以享受美妙的生活滋味。而离开则意味着用生命去拥抱国土，枪林弹雨中，稍有不慎，便是再无相见的离别。法国的生活如天堂，但杨绛与钱锺书无法完全不顾国内的亲人在法享乐。他们不能心安理得，他们总是提心吊胆，怕发生遗憾，今生再无可能补救。

杨绛回国的心愈加强烈，她宁愿往回冲，也不想再经历一次母亲离世那般的悲痛。钱锺书也同样认为这个时候他们应回国，尽管出国的公费还足够他们继续读书。特殊时期，一张船票都要费劲心思才买得到。钱锺书托同学买好了两张回国的船票，带着一岁多的圆圆回到故国。回家的路途和来时一般漫长，一个月的时光要耗在船上。没有了三年多前来时的闲情雅致，杨绛满心只剩下焦急，她急着回去与家人相见。对于亲情的渴望在此时超越了所有，太久的别离，一千多个日夜，家恐怕早已不是家了。她只想一头扎进父亲的怀抱，不知父亲是否又年老了几分。

钱锺书的乡愁比不得杨绛那般浓烈，他也担心家里，看到杨绛始终舒展不开的眉头，他也揪着一颗心。轮船上的伙食并不好，圆圆都瘦了不少，杨绛看着只觉得心疼。她现在只想一大家人团聚，在乱世中这便是最美的祈愿。

上海，曾经热闹一时的东方大都市不再灯红酒绿。战争带来举国上下的悲痛，曾经的繁华早已不作数。1938 年 8 月，钱锺书、杨绛夫妇回到中国。阔别几年的故土完全变了模样，一切不复从前。钱、杨两家人都在上海避难，而这里也被日寇侵占了，只有租界是安全的。战争刚打响，国内氛围一片紧张，人心惶惶。渴望战争早日结束不是件现实的事，这注定是段漫长而艰辛的岁月。杨绛与钱锺书料到了这一切，依旧义无反顾地回国，在这样的时刻，他们选择与家人并肩。

生活有百般模样，战乱带来了太多不安。时代洪流下，各处溢出的悲伤如出一辙，每个人都要坚强起来。乌云密布的日子，总还有偶然间出现的金光。天气无法晴朗起来，也要在阴雨中行走。乱世，分离是常有的事。杨绛回国面对的第一桩事便是与钱锺书离别。世事无常，许多事情都充满了无奈，并不甘愿。杨绛与钱锺书又何尝不想在所有时光都携手并进，但人生并不是总能如愿。混乱的世道，每个决定都关乎着生存。

钱锺书回国之际，便写信给国内一些师长好友说明自己即将回国，想要有一份工作。听闻消息后，国内许多地方都想聘请钱锺书任职。冯友兰先生提供的职位最令钱锺书满意。当时冯友兰任西南联合大学文学院院长，愿以月薪三百块聘请钱锺书为西南联合大学外文系教授。西南联大是由清华大学、北京大学、南开大学在战时暂且迁于昆明的联合学校，师资力量雄厚，学术氛围浓厚。大学任教通常都是从讲师开始，再一步步升为教授，钱锺书得以直接被聘为教授得益于他满腔的才华，这点他的师友都十分清楚。钱锺书最后接受了冯友兰的邀请前往西南联大，杨绛则回上海与家人团聚，这样一来他们便不得不分开。

风吹过面庞，心中的愁思不断，乱如麻。轮船已到了国境，每往前一分，杨绛的心都更加复杂。破败的家园、将要重聚的亲人、怀中的圆圆、马上就要离别的丈夫，每一样都不是滋味。她渴望见到亲人，却也不忍同钱锺书别离，圆圆是她最大的安慰，却无法与她分担她内心的情绪。船到了香港，钱锺书下了船转去昆明任职，杨绛继续在船上，前往上海。涌动的人群，挥动的手臂，钱锺书与杨绛一样不舍。渐渐消失的背影，伴着雾气腾腾的天，一同模糊了。

轮船也渐行渐远，他们的眼中终是没了对方的影子，结了一层水汽。离别的感伤浇灌着心中的幼苗，终有一天变得茁壮，那时必会相逢。

# 选择，便是人生

轮船快要到达码头了，隔着岸远远看到了那座城，外表依然光鲜，与离开时并无大异。热闹的地方依旧热闹着，但终究算不得繁华了。

杨绛到了上海，钱锺书的弟弟早已等在码头接她与圆圆去钱家。钱家在租界买了一栋大房子，原本是十分宽敞的，可来避难的亲戚太多，现在已十分拥挤了。杨绛带着圆圆与钱锺书的弟媳和其子同住一间房，乱世中免不了将就，杨绛毫无怨言。人之常情，她能理解。上海局势动荡，日军已占领了周围地方，仅位于中心的租界是安全的，来这儿避难的人有许多，能住进租界也十分不易。

杨绛成长于新式家庭，受教育程度高，也包含许多西式教育。在钱家这样的传统家庭中，却始终能扮演着好媳妇的形象。她不与妯娌说闲话，在大家热切谈论一个话题时，杨绛更多的是在旁边听着，做着手头的工作。杨绛经常帮忙做家务，打扫公婆房间。空闲时，便在角落用缝纫机为钱锺书与圆圆做衣服，这样一来便免去了许多麻烦事情，她不参加大家的闲聊也不奇怪。唯一可惜的是，她回国后便很少有空看书了，她的时间都用在钱家和圆圆身上了。

值得欣慰的是，钱家人对杨绛的评论都十分高，觉得她丝毫没有大小姐脾气，十分好相处。婆婆曾说过若要她选择跟一位子女媳妇同住，她会选杨绛，这也是杨绛十分骄傲的事情。钱家希望杨绛在家中做贤妻便好，不必出去工作。杨绛并不这样想，她不想做全然的家庭主妇。后来杨家在租界有了一处大房子可以居住，杨绛便搬去与父亲同住，不再挤在钱家，在空闲时间再回去看望公婆。随后，杨绛也有了份工作，主要为富商的女儿补习功课。她将自己的课程排得很满，想要多上一些课，多赚一些钱补贴两家父母。杨绛对父母一直有所愧疚，父母为她花了许多心血，她却始终无以为报，母亲更是早早离去，留给她许多遗憾。

杨绛记得自己回国后看到父亲的第一眼便心生难过，父亲老了许多，生命的步伐始终跨不过岁月的流逝。她懊恼自己，也只有苦涩，过去的时间再也抓不住，母亲的脸庞也无法再出现在面前。现在杨绛能做的便是尽她所能用心照顾、陪伴父亲。自回国后，父亲的事情杨绛都亲力亲为，变着花样讨父亲开心。父亲喜欢圆圆，杨绛便在上课时将圆圆留在家中让父亲照看。

生活向来不易，动乱时更是如此。隔着数座城，杨绛总能在不经意间想到钱锺书，婚后他们第一次分离如此久的时间。无论天空如何变幻，她想到的只有他的面庞。她不知道没有自己在他身边，他生活中要遇上多少问题哪。思念如此浓厚，伴着担心。杨绛为了家庭，每天埋头工作，也只有忙碌的生活才能冲淡这份想念。

不久后，杨绛迎来了一份新的工作。振华女校的老校长王季玉先生找到了杨绛，想要对她委以重任。杨绛看到老校长不由得感慨万千，岁月的蔓爬上了她的身躯，历经风雨后她的眼神依旧清澈而坚定。时光荏苒，杨绛在成长，曾经教导她的人们都渐渐老去。生命的枝终会枯朽，那片土地会更加肥沃，旺盛了葱葱树木。杨绛以为老校长想要请她在振华女校任教，这对她而言是十分乐意的。杨绛也很有信心可以胜任教学工作，她不知有份更具挑战的工作等着她。

第一次见面，老校长未曾具体表明需要杨绛帮忙的事项，只对她寄予厚望，希望她可以替母校做事。杨绛也未曾多想，第一反应便是女校可能正缺老师，她想自己是去定振华了。第二次见面时，杨绛才得知老校长找她并非是做老师，而是接替自己成为振华女校的新校长。杨绛未曾想到老校长会将如此重任托付给自己，她知道做校长和做老师是有着很大不同的，她自信可以做老师，却不愿做校长。杨绛觉得自己并不能胜任，这份工作太过于复杂。受父亲影响，杨绛向来远离官场，校长免不了与许多人打交道。

父亲听说后，并未反对杨绛出任校长，反而予以支持。父亲对振华女校了解诸多，对季玉先生的为人也很是清楚。振华女校受战争影响本已停止授课，现在情况稍有好转，便想要重新开课。老校长十分坚决地要杨绛出任校长，她相信杨绛可以做好，自己也会帮杨绛解决筹备时遇到的问题。老校长打算等振华女校筹备得差不多，再离开上海与家人团聚。杨绛思考再三，决定大胆尝试一番，她相信父亲对此事的看法。

学校的筹备一切都要从头开始，大大小小的事情都要由杨绛来负责。选校舍、定课程安排、招老师，还要合理地安排经费。杨绛一样样地亲自过手，老校长在一旁指点。等这些都安排妥当，老校长便离开了上海。临走前，老校长没有做过多的交代，只让杨绛放开手脚去做，她相信杨绛没有了束缚后会做得更好。

十年树木，百年树人。教育不仅是一种工作，更多的是传承。教书育人，桃李芬芳。杨绛担任校长时一直秉承这种精神，只想做好这件事，她任职时并没有工资可拿，还要靠在外补课才可以贴补家用。做好种种准备后，振华女校开始了招生工作。振华女校在上海本就有名，重新开始教学工作，报名的学生有许多，招生工作十分顺利。由于学校缺英语老师，杨绛还同时兼英语老师。真正做了校长后，杨绛发觉自己竟能处理好各种事情，从课堂到与不同人打交道，甚至还知道了如何对付打秋风的流氓。这份工作是杨绛一生做过最大的“官”，也是最费心费力的，直到太平洋战争爆发学校被迫停办杨绛才离开。

1939 年秋，杨绛弟弟回国。一家人回到苏州办理母亲的丧事，正式将母亲与三姑母的棺木下葬。杨绛看着家中破败的院落，早已不复当年光景。回忆当年母亲还在的时候，家中充满了欢笑。那时杨绛还是无忧无虑的少女，在父母怀中撒着娇，从未想过有一天母亲会离开自己。遥远的事情突然来临时，悲伤更加猝不及防。许多事情因为乱世才如此，有些岁月注定荒凉，藏在里面的许多故事道不尽离别。

看着母亲的棺木，姐妹和弟弟都无比感伤，他们轻轻拭去棺木表面上的每一粒灰尘，努力想要抓住什么，却都是徒劳。母亲不会再在他们的生命里留有任何光景，唯有过往的记忆。母亲温柔的笑脸印在他们心间，是最大的温暖，也伴着最深切的悲痛。棺木最终是要下土的，母亲要安息在这片土地，杨绛只得在人间守望着母亲，想念着每一瞬的温存。黄土一层层盖住了棺木，像是隔绝了两个世界，杨绛在外头，母亲在里头。她们今生总不能再相见，只愿母亲能够安好，杨绛再无他求。

飘零在乱世中，艰难岁月从来不少，安稳成了无法到达的彼岸，一切都无法逃开。潸然而落的泪浇灌不出盛开的花，能做的只是好好生活，于艰难中坚强，于乱世中求生。

# 第五章 年华

才子佳人扬笔墨，才华卓越惊文坛

## 孤城，却因你不再孤单

长亭古道旁，诉一腔别离，大片的青草每一年都生机盎然，欣欣向荣。此去经年，不知何时归，一杯清酒也道不尽离愁。茫茫大海之上，没有清酒与长亭，告别也唯有执手相望，愿一眼留下往后日子的许多想念。长活一世，尝遍各种滋味，始终解不了分离的难过与流年的期盼。分别的步伐悠悠走过，十指相扣的温度恋恋不舍。要历经几轮春秋，才能不再分离。夜的漫长、昼的短暂，岁月无痕流逝，握不住流走在指尖的光阴。飞鸿孤影、白驹过隙，想念迷了眼帘，轻抚岁月，满是错然。只愿早日相逢，人生再无别离。

时间恍恍惚惚地走过，风吹过的痕迹渐渐消失。已然流逝的岁月不再追悔感伤，想念成了心中的花海，鲜艳芬芳，时刻环绕在眼前、鼻尖。归国后，杨绛与钱锺书一次次地别离，每次相聚也只是片刻短暂光景。每一次回上海，钱锺书都满心欢喜，每一次别离也都是新一轮的想念。“我们仨”从未分离过如此久的岁月，一生怕也只有这段时光。同一片天空，同样的白昼与黑夜，同样说不尽的思恋。

钱锺书在西南联合大学的生活还算得上清闲，每日只需做好自己分内的工作，上当日排好的课便好。比起在上海的杨绛，他有着更多的空闲时间。西南联合大学有许多活动，例如打网球、打排球等，这些都是老师下课后休闲活动的好去处。钱锺书几乎不参与，他更喜欢静静地坐在桌前，看着眼前未看完的书，或进行写作。在西南联合大学，钱锺书每天都会待在房中写日记，将遇到的趣事一一记录下来，等假期回上海同杨绛分享，让杨绛知道她不在身边时他的生活。

分离的每一天总是显得不那么有趣。杨绛将精力放在工作与圆圆身上，每天的生活都十分繁忙。钱锺书的空闲时间依旧都是同书和文字打交道，文字里平添的是对家的想念，独属于“我们仨”的想念。杨绛身边有圆圆，还有父亲、大姐、三姐和小妹，在上海这片熟悉的土地，她有着许多慰藉。除了钱锺书不在身边，其他都好。而因为钱锺书不在身边，杨绛的生活便不是完整的。生活并不难挨，家庭的温暖包裹着杨绛，还有女儿分担了她的寂寞。杨绛知足，但仍旧想念，在星疏时，在月明时。

忙碌的生活、操劳的身影，杨绛奔走在平日的生活里。在国外的生活时不时涌上她的心头，她更想过在国外的日子，有钱锺书在身旁，看书是每日里最要紧的事。而回国终究也是必然的，她有自己需要担的责任。上海的风月不如法国浪漫，街头人们行走匆忙，不似法国人一般悠闲。人生少不了波澜，成不了礼物也不是苦难。生活的面目本就捉摸不透。钱锺书很是心疼杨绛，却未曾劝她放弃手头的工作，因为他知道那是杨绛的选择。相隔两地，想念漫湿了眼眶，风一吹便划过面庞，滴进心中，扰了平静的心湖。

写信又成了两人来往的方式，好像穿回了多年前，杨绛在清华的时候。字里行间，他们仍有着当初那份爱恋，还有共经风霜后的相互依偎，一起度过的时光今生再也挥之不去。生活总有许多未知的事情，他们分开时只当是生活的一段经历，虽心中有诸多不舍，但一遍遍地安慰着自己时间脚步匆忙。可真正分离，一切都变得不同，时间走得很快，而思念来得更浓。假期的短暂光阴还来不及握在手中便流失在指缝。每次相逢都是那般雀跃，在一起的日子总是欢喜，分离的时候又有了希望。

每当钱锺书回到上海，他们便又是欢乐的一家三口。圆圆年幼，还不记事，每次钱锺书回到家中都要重新与圆圆相识。刚见到钱锺书时，圆圆总有着“戒备”之心。她不知道这是她的父亲，生怕这个“奇怪叔叔”来与她争抢母亲。对于圆圆的这种“敌意”，钱锺书自然不以为意。不仅如此，钱锺书总能在十分短的时间内同圆圆打成一片，成为她的好伙伴。杨绛每次看到都不由得惊叹一番，有时钱锺书只是对圆圆耳语了一句，圆圆便与他十分亲近。比起父女，钱锺书和圆圆更像是大小两个朋友。大概是钱锺书天性纯然，杨绛又一直保护着他的天性，才使他有孩童般的纯真。圆圆与他话不过几句便将他当作了好朋友。

在圆圆纯真不记事的年月里，不知她忘记了钱锺书多少次，又多少次同他玩得欢畅。这些都成了过往的幸福，沉淀在他们共同拥有的未来。圆圆与钱锺书的游戏总是让杨绛觉得无厘头，两人却都觉得欢快。钱锺书和圆圆玩的游戏中有一个是在被子中藏东西。钱锺书将卧室例如镜子、梳子一类的东西放在被子里，圆圆入睡前便迫不及待地钻进被子，将东西一样样拿出来。这个时候，父女俩都笑得前仰后合，杨绛不参与，在一旁看着也不自觉地笑出声。她还真是养了两个小朋友在家中。

有一次，家中厨房不小心起了火，圆圆看到后便喊叫着："娘，快来，起火了！"钱锺书也跟着圆圆不紧不慢地说着，模仿着圆圆的语气。杨绛哭笑不得，只好先去厨房灭了火。钱锺书与圆圆是互相满意的玩伴，钱锺书不单是为了哄圆圆，自己也确实玩得十分开心。杨绛在两人心中便是万能的神，只要杨绛在，他们便安心，什么也不畏惧。他们知道杨绛会处理好的。杨绛也心甘情愿守护着两人，每一次善后她都是幸福的。只希望钱锺书能够在家中，不再有分离的时候。

繁花、枯叶交替，又过了几个春夏，钱锺书和往常一样从西南联合大学回到上海，不同的是他这次没有再回西南联合大学。这是钱锺书先前自己也未曾料到的，他以为自己会如往常一样在假期结束后回去。钱锺书回到上海后住在岳父家中，杨荫杭特地让大女儿和小女儿住在一个房间，让出一间房给钱锺书。杨荫杭向来很满意这个女婿，两人也有许多能聊的话。钱锺书曾形容杨荫杭是“望之俨然，接之也温”，在心里也十分敬重岳父。钱锺书讲的种种常常让杨荫杭感到佩服，他的心思单纯，一心只想做好学问，让杨荫杭感觉难能可贵。

杨家住在租界时，楼上住着杨绛表姐一家。表姐家婆媳关系十分恶劣，常常争吵。这使杨绛大姐十分心烦，规定了楼上吵架时不能开门。钱锺书住进来之后有次好奇便在门口偷听了一回，只听得婆媳二人吵得不可开交，每一句都恰到好处，你来我往互相讽刺指责。在钱锺书看来，这便是精彩的一出好戏。之后钱锺书还专门模仿给杨荫杭看，杨荫杭看得笑声连连，顿时觉得十分有趣。从此，楼上吵架杨家也不再关门，权当笑话来听。

天空的云悠悠飘着，婉转动人的声音响起，阳光正好，一切都好。钱锺书在家中的日子幸福极了，有妻女，有父母。

乱世中暂且有的这份安稳不易，灯火通明，阑珊处更动人。杨绛与钱锺书在一起的每一天他们都珍惜，都心感幸福。说不完的话，眼神中溺满深情，看得到彼此的身影便已知足。烛光下的伊人是钱锺书心中最坚实的力量。钱锺书与圆圆一同玩耍时，杨绛在一旁看着，于她，这就是最大的幸福。

许多时日不曾见到钱锺书，圆圆同他玩起来更加开怀。比起其他人，父亲是她最好的玩伴。母亲和爷爷都是看着她玩，顶多言语上调侃她几句。钱锺书不同，他是与她一起玩，丝毫没有不好意思，在言语上也占尽了便宜，起了许多外号给她。钱锺书还在圆圆的肚子上画过花脸，被自己的母亲发现后好好说教了一番。钱锺书这才再没有在圆圆身上画东西。这等“过分”的事只有钱锺书做得出来，也正因如此，圆圆才同他玩得最好。钱锺书回到家中后，圆圆便不再乖巧，变得喜欢疯玩，钱锺书在圆圆心中始终是最好的朋友。

钱瑗晚年在《爸爸逗我玩》中写下这段有趣的过往，后被杨绛收在了《我们仨》中：“一九四一年父亲由内地辗转回到上海，我当时大约四岁。他天天逗我玩，我非常高兴，撒娇、‘人来疯’，变得相当讨厌。奶奶说他和我是‘老鼠哥哥同年伴’，大的也要打一顿，小的也要打一顿。”“爸爸不仅用墨笔在我脸上画胡子，还在肚子上画鬼脸。只不过他的拿手戏是编顺口溜，起绰号。有一天我午睡后在大床上跳来跳去，他马上形容我的样子是：‘身是穿件火黄背心，面孔像只屁股猢狲。’我知道把我的脸比作猴子的红屁股不是好话，就噘嘴撞头表示抗议。他立即把我又比作猪噘嘴、牛撞头、蟹吐沫、蛙凸肚。我一下子得了那么多的绰号，其实心里还是很得意的。”

钱锺书即将回校之际，父亲突然提出让钱锺书辞去西南联合大学的职务，前往湖南蓝田师院出任英文系系主任。当时，钱锺书父亲也在蓝田师院任教，蓝田师院便是他一位故人筹办的。钱父希望钱锺书可以前去帮忙，并说明自己身体不好，钱锺书过去后两人便可在同一处。钱锺书更想去西南联合大学，杨绛也支持钱锺书继续在西南联合大学任教。但钱家人都认为钱锺书应当听从父亲的安排。钱锺书十分犹豫，主要担心父亲的身体。最后父亲答应钱锺书只勉强他在蓝田师院任职一年，一年后去留自便。钱锺书改了行程，踏上了前往湖南的道路，拍电报至西南联合大学说明情况。

西南联合大学未收到钱锺书的电报，有了误解。杨绛也承认钱锺书突然跳槽确有不对，但绝非钱锺书骄傲不肯在叶先生手下做事。钱锺书是叶先生一手教出来的学生，对师长自然还是尊敬的，钱锺书的确清高，但忘恩负义、背弃师长之事绝无可能。当时碍于情况特殊，钱锺书无法拒绝父亲，只好用万分歉意请求母校原谅。这件事过了很长时间后，也终是解开了，叶先生最后还是承认了他这个学生。

钱锺书在湖南任职一年后回到上海，不打算离开了。振华女校此时也受战争影响再次停办，杨绛便在家中闲待。几年分离之苦，他们不想要再继续了。乱世中，他们只想拥抱彼此，好好呵护这个家。无论生活如何，他们愿同甘共苦。钱锺书说他们今后只有死别，再无生离。这句话一直感动了杨绛数年，最后成了真。

光景绵长，流淌的年月向着彼岸不曾回首。每次分离都是漫长而寂寥的夜，任生活再忙碌，心中仍留有空白。失去了所有力气，疲惫不堪仍旧想念。月光的皎洁也不过是一束光影，却因记忆的美好总想多看一眼。一生只为一人如此，长活一世只为记着所有过往的点滴。踏过了许多路，远方和风景始终不如一个家。来日方长，只有死别，再无生离。今生的所有时光只愿赖在他怀中。

# 乱世里的精神依托

花影树下，年少的梦还在，埋藏了太久，都快要忘记了那方土地。随风飘来的芬芳唤醒了记忆的窗，打开了创作的门。残破的大地，支离破碎的家庭，太多悲剧发生在这个时代。数不清的故事散落在人间，称心如意的却极少。世事无常在这个年代成了最普遍的话语，没有人知道天明后是怎样的一天。鲜绿的地带在暖阳的照射下极为青翠，清风吹过一派好风光。连这般美景都不知道何时会消失不见。也许还没有鲜血横流，但一定早已人心惶惶。

杨绛与钱锺书在上海沦陷成一座孤岛前能重逢是件幸事，上海沦陷后便很难再回来与离开了。命运的垂青，让他们不曾散落天涯，成一场相隔数年别离的旧梦。钱锺书回来得很及时，他们此后数年都一同住在上海，直到抗战胜利后。杨绛与钱锺书在一起，将坏的时代谱写成了他们的好时光，他们称心如意。

钱锺书从湖南回到上海后，与妻女团聚，接连几年不断分离的他们终于不必再受相思之苦。现时，他们的家才算得上完整。转眼间，圆圆已经五岁多了。想当初圆圆刚回国时只有一岁三个月，这四年间圆圆几乎全靠杨绛一个人照看。钱锺书只能在寒暑假回家和家人相聚短暂的时日，便又要去学校教书。钱锺书在学校并不忙碌，孤身一人除了看书写字，便是想家了，尤其想杨绛与女儿。终于，钱锺书回家了，一家人开始他们美满的生活，每天都像灌了蜜糖一般。

时间久了，生活的问题盖过了欢快的时光，生活除了玩乐，还有柴米油盐。钱锺书回到上海两个月还未找到一份职业，这不由得让杨绛与钱锺书忧虑。长此以往，自然是行不通的。钱锺书并非对自己没有信心，他对自己的才华自信，可惜由于上海沦陷，他无法去许多心仪的大学教书，更何况他也不想再离开杨绛母女那么久的时间了。他更渴求家的温暖，想要伴着女儿成长。

杨荫杭看出了女儿与女婿的担忧，他不想看女婿的前程蒙了尘。于是，杨荫杭主动提出将自己在震旦女子文理学院的职位让给钱锺书。钱锺书只是代杨荫杭上了几节课便得到了校长的赏识，提升为正式教授。战时与太平盛世有所不同，生活很艰难。小贩兜售的面是黑面，米里也掺着许多杂质，有沙粒一般的东西。即便如此，每当门前有小贩卖米与面时，价钱再高也要抢着买。战争时期，粮食分外珍贵，少不了饿肚子的人。钱锺书在外工作的酬劳也只够家中糊口。

在震旦女子文理学院工作期间，钱锺书结识了陈麟瑞，两人成了朋友，后来两家的关系也变得十分密切。陈麟瑞同样毕业于清华大学，曾留学美、英、法、德各国，是著名的翻译家与剧作家。杨绛在戏剧上的创作受了他许多影响，也得到了他的许多帮助。当时钱锺书的散文集《写在人生边上》刚出版，陈麟瑞与李健吾帮了不少忙。为了表达感谢，钱锺书与杨绛请大家吃饭。饭桌上，两人觉得杨绛可以从事戏剧创作，便提出这样的建议。这使杨绛开始认真思考戏剧这条路，后来杨绛便创作了自己在戏剧方面的处女作《称心如意》。

《称心如意》对杨绛有着极大的意义，甚至杨绛这个名字都是从那时才出现的。杨绛听到陈麟瑞与李健吾的一番话，突然感觉生命长出了一枝新的枝干。他们说的时候杨绛是心动的，埋藏在她心中数年的种子霎时开了花。杨绛看到了许多年前的一个梦，她想要成为一个作家，写小说。生活兜兜转转的圈子最终绕晕了她，让她暂且遗忘了美梦，每天处理着生活中的各种琐事，顾好他们这个家。而现在有个声音告诉她，她可以进行文学创作，她可以试一试。杨绛听到自己心中的声音越发地清楚，她要去做这件事。她期盼了许多年，而后被生活埋葬的梦，她要让这个梦成真，无论结局如何，她现在选择开始。

杨绛进行《称心如意》的创作时并非闲待在家中，她接替了一份小学教员的工作，每月有可观的酬劳，还可领三斗大米。大米虽也有瑕疵，却比世面上卖的好上太多。杨绛下了决心后，便一边上课一边利用闲暇时间进行创作，同时还兼顾家庭。这是十分不易的，杨绛竟能将每一样都处理好。《称心如意》写作进展很快，杨绛费了许多心力。第一次创作紧张而欢喜，她对自己要求是极高的。

《称心如意》诞生于1943年，那时是抗战的高潮，局势飘忽不定，风声鹤唳。抗战期间，戏剧成了人们生活中为数不多的消遣，也是人们对未来生活的期待，人们渴望从故事里看到美好，这让他们心生向往，活得更有力气。上海戏剧团差不多有二十来个，演员更是多达二百人以上。陈麟瑞与李健吾自然也建立了戏剧团，时常让他们感到力不从心的是没有好的剧本。演员与舞台都没有问题，剧本却很少有中意的，他们想要展现的是高质量的戏剧，剧本至关重要。所以便有了他们饭桌上对杨绛的提议，这也意味着杨绛的创作很有可能让大众看到。只要她写得出好剧本，便可以上演。

杨绛曾写道："如果说，沦陷在日寇铁蹄下的老百姓，不妥协、不屈服就算反抗，不愁苦、不丧气就算顽强，那么这两个喜剧里的几声笑，也算我们在漫漫长夜的黑暗里始终没丧失信心，在艰苦的生活里始终保持着乐观的精神。”这两个喜剧便是指《称心如意》与《弄真成假》。

# 难以勾画的未来人生

戏剧从一定程度上讲，是对于生活的反抗。有时生活太苦，才用艺术的手法画上一个圆满的句号。戏剧是艺术的一种，不只有喜剧，也有悲剧。对杨绛，在这片天地里她可以自由地赋予人物使命，描写出她脑海中的故事。也许不是她内心所期望的，但一定裹挟着自由的灵魂和不羁的心。

创作的灵感无疑来源于生活，岁月几经变迁，杨绛早已不是当初的纯真无邪的少女。她拥有一颗透明的心，一双清澈的眼，沉淀着穿过时间留在生活的深沉。杨绛与钱锺书不同，钱锺书始终能保持着最初的心性，而杨绛替他护着，自然看到了许多生活的假象、人性的褒贬。正因如此，杨绛才可以将每个角色都写得细腻而淋漓。这出四幕喜剧在杨绛积累的“养分”中长得茁壮，也结出丰厚的果实。

《称心如意》的主人公李君玉同样有着清澈的眼睛，她看得清人心，对生活始终抱有期盼，坚定地做好自己。在一群人将人性的劣根性一一显露时，她始终是最善良的那一个，最后她得以称心如意。李君玉的母亲本是富家小姐，与一个穷画家自由恋爱，逃出了家中前往北平。后来父母双亡后，李君玉被外祖家接了回来，被三个舅舅像踢皮球一样踢来踢去，没有人真心关心她。舅母将她接到家中也只是为了一己之私，或把她当仆人，或让她待在丈夫身旁盯梢。这样的生活下，李君玉仍心怀希望，她安慰着自己，将所有怨气都收下。

后来舅舅们都将李君玉踢了出去，最后踢向了舅公徐朗斋。徐朗斋孤身一人，无子无女。各家都觊觎他的财产，妄想分一杯羹，最好能成为继承人。徐朗斋看穿他们的伎俩，一一设法破了诡计，这让各家都对他心中生恨，却又捞不到一点儿好处。徐朗斋见到李君玉，知道她是个善良的姑娘。在相处中，发觉她身上有许多可贵的品质。最后徐朗斋将李君玉收作孙女，定为遗产继承人，并且同意了她与恋人陈彬如的婚事。李君玉经历了种种，迎来了一场称心如意。

戏剧上演前，在宣传海报上要写上作者名字，陈麟瑞建议杨绛可以取一个笔名。那时，大家还称呼杨绛为“杨季康”。杨绛心中一思量，“季康”两字连读便成了“绛”的读音，于是便干脆将杨绛用作笔名。她未曾想到《称心如意》会上演得十分成功。“杨绛”二字自此伴随她终身。后世，大家都知道杨绛先生，却并非都听闻过杨季康这个名字。

凄苦的年代，人人都渴望有称心如意的结局。一幕幕画面带给了人们真切的生活感，每个人物形象都饱满而鲜明。人们看着舞台上上演的情景，暂时脱离出现实的悲苦。《称心如意》的结局也使观众十分满足，这像是一种希望，生活还有期待，毕竟还有明天。黑夜可能足够长，黎明一定会到来。在此之前，都要用力地生存，最后赢得一场“称心如意”。

演出十分成功，也开启了杨绛在戏剧道路上的发展。杨绛一时间变得小有名气，甚至超过了钱锺书。钱锺书也喜闻乐见，看妻子取得这样好的成绩他是欢喜的。起初因为繁忙，对于《称心如意》钱锺书只是匆匆看过一遍，评价说写得不错，也未曾料到会有如此好的效果。赵景深在《文坛旧忆》中曾提到：“杨绛女士原名杨季康，她那第一个剧本《称心如意》在金都大戏院上演，李健吾也上台演老翁，林彬演小孤女，我曾去看过，觉得此剧刻画世故人情入微，非女性写不出，而又写得那样细腻周至，不禁大为称赞。”

《称心如意》是最初带给杨绛名声的作品，也为杨绛之后的创作奠定了基础。无论是于李君玉还是于杨绛，这都是称心如意。有一天梦竟成真，翩翩飞舞在枝头，映着灿烂的光。伴着流年的消逝，始终不肯褪去。美梦可以停留许久，只要还有着希望，生活再艰辛，也有一天会重逢，来一场称心如意。

相拥在怀中的爱不再是蓝天白云的悠悠风景，不再是海誓山盟的惊天动地。这份爱不一定真的归于平淡，但必定会融入生活，每一天都如此。它需要人们承受更多，愿携手看风景的人有许多，真正一同历经苦难甘甜的却很少。天下女子都喜欢鲜花与浪漫，但愿为一人“洗手作羹汤”的女子怕是没有多少。与一个人结为连理，甘愿做“灶卜婢”，需要更深刻的爱。改变自己原有的生活方式需要很大的勇气。杨绛对钱锺书便是如此。钱锺书从未要求她一定要做什么，往往是她开导钱锺书不必担心，她会来做好的。其实杨绛又何尝会，不过是为了钱锺书她愿意去试着做。

杨绛将钱锺书看作了自己一生的事业，他开心她便也露出笑脸。杨绛愿意看着钱锺书做学问，素笺上流过墨，暗香浮动。杨绛爱惜他的才，宁愿舍弃自己的喜好，打理好各处，让他不为家事担忧。潺潺清流在他们共同的时光清澈而绵长，涓涓不息。最动人的情不曾跌入时间的洪流，每一个清晨与黄昏都历历在目。窗外的绿植又长高了些许，记忆也深远了。春去秋来，容颜渐渐老去，心日渐留恋。

杨绛写下了《称心如意》与《弄真成假》后一时间成了上海炙手可热的剧作家，这让她欢喜，也让钱锺书欢喜。两部戏剧登台表演时，杨绛与钱锺书都有去剧院看。人物感情的细腻与现场热烈的气氛深深感染了钱锺书，他为妻子骄傲。

夜晚，出了剧院，钱锺书与杨绛走在路上，一个念头在钱锺书脑海中闪过，他忽然之间懂了一直萦绕在自己心头所谓何物。钱锺书对杨绛说自己想要写一本长篇小说。杨绛一向对钱锺书的才华自信，听闻后热切地鼓励钱锺书。钱锺书读了许多书她是知道的，钱锺书虽不曾写过长篇小说，但他的文采杨绛是清楚的。

不过当时钱锺书想要写长篇小说还是困难的，他手头上已经有许多事情要处理了，时间挤一挤总还是有的，但钱锺书再挤怕是要干涸了。《谈艺录》还未完成，震旦女子文理学院又有许多课要上。勉强挤出了时间，也怕创作太过于草率。钱锺书需要尽可能多的时间与精力。他的第一本长篇小说，他必定要用心写得尽善尽美。对治学与写作，钱锺书也向来对自己要求颇高。这样一来，写长篇小说和可以用的时间相比像稍显丰腴的人想要过一条窄巷子，涂了润滑油也挤不进。

杨绛知道钱锺书的苦恼，免不了安慰他。无论何时，梦想闪亮的光都十分可贵，不能让现实的尘堆积，抹去了它的光。杨绛深知这一点。生活是普罗大众的，每个人都有自己的选择，而梦长在心里，来之不易。若有一天能化蝶翩翩起舞该是多么地欣喜，为了这份希望，杨绛也义无反顾地支持钱锺书。她安慰钱锺书说："不要紧，你可以减少授课的时间。”夫妻二人此时都在震旦女子文理学院授课，钱锺书的课很满，杨绛则只有零零散散的几节课。授课费是两人的主要经济来源，在乱世中勉强支撑这个家。

与钱锺书在一起，杨绛便知道自己一生都将过着平淡的生活，她也享受其中。富贵向来不是她所追求的，钱锺书志也不在于此。对于生活，他们要求并不高，做着自己喜欢的事才是他们更为在意的。比起授课费，杨绛更希望钱锺书可以做自己喜欢的事。那时，杨绛对钱锺书说：“没关系，我们的生活很节省，还可以更节省。”简单的话语，像情话一般动听。这不仅是鼓励与安慰，更是愿意承担今后生活的艰辛。

## 隐去光芒的成全

爱情是“窈窕淑女，君子好逑”的隔岸芳心。雾再大，离得再远，也会一步步走向前去。爱似骄阳，似清风，总会散去这片雾，带来一片晴天，两人在蓝天下温柔相拥。这是年轻时的向往，听起来便十分有罗曼蒂克的风情。由爱建立了家庭，爱的味道便不尽相同了。

家中请的保姆要归乡了，杨绛未加阻拦，爽快地结了工钱。杨绛也再未请其他保姆来料理家务活。为了节省用度，杨绛对家中的大小事都亲力亲为。她本来是“双手不沾阳春水”的大家小姐，钱锺书对生活之事一无所知，她便成了他贴身的“保姆”，担起了照顾钱锺书的责任。从一起出国开始，她便慢慢地学习着一切，这些都成了年月里花开云散的幸福。从煮菜到炒菜，杨绛学会了做简单的食物。爱整洁的她将家中也打扫得分外干净。钱锺书知道她付出了许多，也从内心感谢她。正如他对杨绛的评价：“最贤的妻，最才的女。”

保姆走了后，劈柴、烧饭、洗衣每一样都要杨绛来做。

开始她做得并不好，但也能使生活照常运转，只是自己多用点儿心、多劳累一些。在钱锺书写书期间，杨绛照看家庭用去了太多精力，不再有时间进行创作，她也不甚在意。杨绛心中最重要的事是做钱锺书的妻，相比于家庭，她不介意少看一些书，暂时搁浅自己的文学梦。在杨绛的心中，她从不把自己排在第一。她的幸福不仅仅只是她个人的幸福，更多的来源于“我们仨”。她知道这是她今生幸福的来源。看到钱锺书欢喜，她烧饭溅到了油、切到了手也只是一笑而过，因为她心底藏着幸福。

钱锺书预备写的长篇小说是《围城》，后来他在序言中写道：“这本书整整写了两年。两年里忧世伤生，屡想中止。由于杨绛女士不断地督促，替我挡了许多事，省出时间来，得以锱铢积累地写完。照例这本书该献给她。”寥寥数语，杨绛为这本书付出的心血不言而喻。

两年的时间，生活中缠绕着各类琐事，杨绛与钱锺书依旧欢快，他们丝毫不煎熬。这是一场需要付出的美梦，梦醒后总会留下点儿什么。杨绛不如别的家庭主妇一般做起家务事来头头是道，也不烦恼，做不好她自觉有趣，还讲与钱锺书听；做得好便自觉骄傲，自己又熟悉了新的领域，更是要向钱锺书炫耀一番。虽杨绛做得也只是一般，但在钱锺书眼中实在是了不起。杨绛从不向钱锺书诉说自己的辛苦，她也看得到钱锺书的劳累。杨绛晚年还记得当初自己在煤堆里找煤球的时候，总是将自己弄成一个花脸，捡完煤后往往一脸黑。

杨绛虽不说自己的付出，钱锺书也都记在心中。对于妻子，他是心疼的。每当自己有空，便与杨绛一同去市场买菜，让杨绛感受到自己的陪伴，在坚强中看到身旁人的温柔。钱锺书的心思杨绛懂，杨绛的期望钱锺书亦明白。

昏黄的街道，从菜市口走出的两人牵着手，时间不复年少时的光景，回眸看过往云烟，悠悠岁月不曾吞噬他们丝毫。忽然想，他们一直这样走，走着走着便度过了余生，该是何等的浪漫。不求共白首，只愿不离别。

琴瑟和谐，和谐最为重要。于钱锺书，杨绛照料着他的生活，他感激不尽。此外，杨绛还是他创作上的知音，给予他诸多力量。钱锺书写稿不求快，只求精。他每天都只写五百字左右，将每个情节安排得精妙。钱锺书知道匆忙写过之后，必有情节上的漏洞，写完再修改弥补便来不及了。纵使有诸多灵感，他也不大篇幅地写作，只五百字便足矣。杨绛是钱锺书最忠实的读者，钱锺书每天写多少，杨绛便看多少。往往钱锺书写完修改定稿后便马上拿给杨绛看，像做了一件顶厉害的事一般。

杨绛总有一些自己的标准。譬如在看钱锺书稿件时从不做任何评论，不发表自己的意见。她怕影响了钱锺书的思路。杨绛眼中，钱锺书写得自然十分好，每次看完后都迫不及待地想知道接下来的故事。这也是杨绛督促钱锺书写作分外卖力的原因之一。在无数个夜晚，杨绛听着钱锺书讲自己的构思和接下来的故事。他们总是相视一笑，不用言语已明白对方在笑些什么了。他们一同经历了许多，故事里的人和事杨绛听完后便明白了由来。不用太多的交流，他们时而微笑，时而大笑。再亮的星光也被这笑声覆盖了去，这是属于他们的时间，抛洒着心中的爱恋，成就了一片璀璨星空。

两年来，夫妇二人的坚持是生活的乐趣，也是辛劳的日夜。杨绛操劳着家事，做钱锺书的灵魂慰藉。钱锺书授课、整理稿件、写稿，只在极少的时候偷得些许闲。欢笑与劳累一篇篇地翻过，时间离去，留下的是心中的幸福。《围城》也未辜负二人的心血，一经出版便引起轰动，钱锺书在文界名声大噪，名声远超出了杨绛。杨绛为他欣喜，钱锺书自然也开心，但对声名却并不在意。这本耗时良久的佳作出乎太多人意料，往日在许多人眼中，钱锺书是一心好学钻研书本的学者。不承想他竟可以将人性与人心写得如此贴切，生活的种种在他笔下生了花。

向来苛刻的李健吾看完《围城》后都不由得赞叹道："这个做学问的书虫子，怎么写起了小说呢？而且是一个讽世之作，一部‘新儒林外史’！他多关心世道人心啊！”大家尚且如此评价，市井百姓与有志青年更是赞叹不已，《围城》经过不断的重印，钱锺书也越发地有名气。有读者将目光转向了钱锺书身上，希望能与他见一面。钱锺书只希望大家关注作品本身，回绝道："假如你吃了个鸡蛋觉得不错，何必认识那下蛋的母鸡呢？"

何为"围城"？不过是杨绛写于《围城》扉页的一句话：围在城里的人想逃出来，城外的人想冲进去，对婚姻也罢，职业也罢，人生的愿望大都如此。

# 第六章 坎坷

辗转人生沧桑尽，乱世颠簸情更浓

# 时代的雕刻，特殊的人生

遥望山河，漫漫黑夜一步步走向尽头，黎明在灰白的天空期待着霞光。天亮前，怀中的忧思布满了清寒的夜。一场梦飞舞在眼前，落红飘落在泥土，细雨过后已不见身影。战争没有选择，去留还有自由。离歌在耳畔响起，破旧的家园环绕在眼前。许多无眠的夜，星星点点的光，看不到曙光的天，有些人背上行囊离开了，他们失望了。幸而，不论路如何崎岖，总有人愿意走向终点，满怀期待。

故土的芬芳在心上绵延，割离不了的乡情在指尖缠绕。杨绛从未想过离开这片土地，她从不自诩有多爱国，她只知道她该留下，这是中国人的本分。乱世中，不知多少人为了生存而丢掉原则。出国避难或是选择另外一条路再正常不过，不是每个人都有离开的机会，能离开伤痕累累的国家十分不易，被困在里面的人羡慕着有机会走出去的人。杨绛与钱锺书又何尝没有离开的机会，他们不愿意离开。在他们眼中，这无需很大的情怀，只是普通的一件事。因为是中国人，便要留在上海共患难，等待解放，安静地做着学问。

生长在广阔山河的一隅，漫漫岁月里积攒数不清的记忆，国与家早已连在一起，洒过热泪的土地总有一天开得出花。思乡情切，爱国情深。使杨绛与钱锺书留下的从不是种种教条道义，而是心中深深的羁绊。他们舍不得离开。这片土地承载了太多欢歌，也有沉重的悲伤，夜幕降临，总要等待黎明。黎明之后，更没了离开的理由。

在国家沦陷之初，他们选择回来，满目疮痍之时，他们未曾离开。无论在上海还是在北京，杨绛与钱锺书始终顺从自己的心，做着爱做的事。在悲凉的乱世中，杨绛未亲眼看到战场上的血痕斑斑，红色的汁顺着绿色的蔓染进了黑色的残渣。但她如千万普通百姓一样，承受着巨大的痛。战争刚打响时，她便失去了母亲，在国外的她未能见到母亲最后一面成了她一生的痛。回到国内后，情况愈加不堪，她除了坚强别无他法。杨绛曾两度与日本人直接接触，铁骨与智慧并存使她未曾遭受不测。

杨绛曾在受日军管制的半日制小学任教，振华女校关闭后，她便在这里教一年级。小孩子的顽劣对于杨绛来说并不是什么苦恼事，她可以很轻易地解决，她有办法让小孩子在上课时认真乖巧地听讲。令她不悦的是日本人的存在，她无法忽视他们。杨绛心中有着恨意，每次看到日本人她都能想到母亲与姑母的死，可她却无能为力，什么也不能表现出来。这般没骨气的模样让杨绛觉得自己好像苟且偷生，又无可奈何。战争胜利之前她只能隐忍，冲撞的结果必定是无谓的牺牲。怒不能言才是最痛苦的，她不能忘却自己的信仰，亦不能说出自己的信仰，只能静默得如同一个旁观者。

杨绛家离学校很远，她需要坐电车去学校。黄浦江大桥是必经之路，也是日本人盘查最严格的地方。每次电车经过此处，所有人都必须下车接受检查，检查过后乘客要步行过桥，在桥的另一头才能再次上电车。在这一过程中，不时有国人受到侮辱，却敢怒不敢言。日本人的嚣张和对同胞的侮辱杨绛看在眼中，自己的民族自尊心也同样受到了伤害。百姓都痛恨日本人，一颗心却只能不由自主地被践踏。

对国人而言，耻辱的不只是日本人言语性的侮辱。当日本人上电车巡查时，所有乘客需立刻站起来向他们鞠躬。这一项规定令人们更加感到受辱。要向侵略者鞠躬来表示尊敬和臣服，杨绛每次只能忍着心中的怒火做做样子。有一次，日本人照常上电车例行检查，杨绛站起来晚了一些，便有日本兵冲到她面前用力抬起她的下颌质问她。看到日本兵如此凶悍，电车上的人都为杨绛担心了一把。所有人都以为杨绛会求饶道歉，未曾想她怒目而视，底气十足地回了一句："岂有此理！”

杨绛出乎意料的反应让电车上的人倒吸一口凉气，一面觉得她不识时务，一面不由得被她的勇气震撼。日本人也没有想到杨绛会这样，一时之间竟愣住了，而后悻悻离开。杨绛当时并没有想太多，完全是出于本能反应，没想到竟镇住了日本人。事后想想，也觉得自己十分大胆。若是自己出了事，她不敢想钱锺书和圆圆将要如何面对。自此，杨绛便不再坐电车去学校，宁肯自己早点出门走路去。

等待胜利的日子是煎熬的，日复一日艰难地生活，在自己的国家仰人鼻息。如挣扎在火焰中的蚂蚁，一层层爆裂、烧焦，但只要火焰不足以将它们全部吞噬，便有着希望。十四年抗战，牺牲了无数鲜活的生命，黑夜如此漫长，土壤里爬不出幼苗，贫瘠而难挨。仿佛在巨大的沼泽中，挣扎着逃离，最后却深陷其中。抛却智慧的挣扎，越卖力越早被埋没。人们看得见远方隐隐约约有着光亮，那丝光成了黑夜最绚烂的期待，透过光黎明就在眼前。

光亮还没有洒下的日子，天还是灰蒙蒙的，总有不如意的事情发生，生命的逝去显得轻而易举。枝叶随风摆动，心里也生着向往。它不知它的方向，但可以枝繁叶茂。杨绛在电车上与日本人的冲突是无法预料的，她的怒火是已藏于心中许久的家仇国恨。日本人不知她是谁，只当是个有骨气的百姓。她未曾想到有一天，日本人会拿着她的名单去家中找她。

乱世之中，故事总有突如其来的枝蔓，而对于流离在命运掌纹里的人们，如何对待这些插曲，正是他们生长的姿态。

# 换一种心境，面对苦难

上海早已沦陷，局势越发紧迫，日本人更加嚣张跋扈。对于上海百姓，苦难的日子遥遥无期，每天都生活得小心翼翼，生怕不小心便与亲人失散，与家别离。比起生活的艰辛，文人看到更多的是滑稽，一幕幕刻在心头都成了耻辱。他们用文章来暗讽，在汹涌的浪潮里发出声音。

他们爱生活，更无惧生死。每个时代都要有人来发声，若人和时代一起静默了，那世界便不复存在了。在紧张的时期，文人比普通民众更危险。日本人开始了搜捕活动，首要抓捕的便是知识分子。他们根据名单来抓捕，然后审问，很多文人被关起来一顿毒打，饱受折磨。对于文人，皮肉之苦无疑是痛苦的，但许多人更重气节。

杨绛与钱锺书的朋友也有被日本人抓捕关押的，他们为朋友担心，却不料自己也将迎来同样的遭遇。在一个普通的日子，一切同往常一样。钱锺书清晨出门去上班，杨绛在家中料理家务，婆婆、叔父、弟弟和圆圆都在家中。阳光透过玻璃洒在桌上，支离破碎的年月，一束光的温暖都是难得的美好。忽然间，敲门声响起，杨绛未曾多想，以为是朋友前来拜访便直接开了门。看着出现在眼前的日本人，杨绛有一瞬的惊慌，她很快便掩盖了过去，客气地请日本人进来。

杨绛心中已经明白日本人前来的目的，她借着去泡茶的契机进屋将钱锺书的文稿藏好，尤其是《谈艺录》，她知道这本未完成的书稿对钱锺书有多么重要。做好这些后，杨绛不慌不忙地端着茶来到客厅。日本人询问了她一些问题，再三确定这儿是否就只有一家，并且姓钱。杨绛的回答始终如一。日本人有些纳闷，他们手中的字条写着杨绛二字。幸好叔父看到后偷偷告诉杨绛，让她趁机离开。杨绛与日本人周旋了一段时间后便从后门离开了。杨绛想不通日本人为何会抓捕她，她打算先去朋友家避避并了解情况。

杨绛离家没多久，弟弟便找到了她。日本人表示若杨绛不回来，就把钱锺书的两个弟弟带到司令部。杨绛听到后立马动身回钱家，并让弟弟告知钱锺书千万不要回家。每当危急紧要关头，杨绛首先担心的永远是钱锺书，她怕钱锺书没了她，更怕钱锺书离开她。

为了回家后有更好的说辞，杨绛特地借了朋友家的一篮子鸡蛋。当日本人质问杨绛为什么不早说时，杨绛无辜地辩解说："我嫁到钱家，当然就是姓钱了，谁知道你们找我。"

日本人只得语塞。最后日本人告知杨绛在第二天早上十点去司令部接受审问。日本人走后，杨绛认真检查了被翻得满地狼藉的家，所幸日本人并未带走重要的东西。

面对第二天的审问，杨绛心中还是免不了忐忑，她自然也害怕被拘捕，于是在晚上准备了许多问答。未承想第二天出乎意料地顺利，日本人问了几个问题，杨绛都很巧妙地回答了，随后她填了一份表格便被放行了。这是十分大的幸运，杨绛后来还写了一篇文章《客气的日本人》来描述这件事情。

看似轻松的两件事在那时都是大事，一不小心就会发生惨痛。那些艰苦的岁月，流走在记忆的长河，遍地都是荆棘，他们始终义无反顾。看着天边的云彩染上了色，紧紧牵在一起的手不松开，他们的笑回荡在彼此耳畔。看不到尽头的路，不知道要走向哪里，也不知道要走上多久。身上已经烙下了许多伤痕，这条路上的每个人都不可幸免。他们清楚地知道这一切，一步步向前走去，不曾回头。

苦难的岁月是度日如年的低吟浅唱，漫不经心也躲不过光阴的箭。艰难在每一天，内心的痛苦无法化去，远不止生离死别几个字能说得清。死别终会过去，生离还有重逢，哭泣的面庞也有泪干的时候。但一切尚未过去时，那份难受便笼罩着整颗心。这是那时他们的每一天，中国人的每一天。心中总有着不安，担心着亲朋，担心着自己。家的温暖是那时每个人最大的安慰，而杨绛却在抗战胜利前夕失去了父亲，伤痛袭来，她不知如何承受。她只能怪自己，怪自己做得不够，怪自己有许多来不及做。

父亲即将病逝时在苏州，杨绛坐车从上海赶往苏州见父亲最后一面，可终究是未见到。乱世中有太多担惊受怕，司机那天开了一半路程看前面可能有危险便又拐回了上海。杨绛到家前钱锺书便接到了苏州来的电话，父亲已经去了。钱锺书不知怎么跟杨绛说，他也心痛，他更想象得出杨绛会有多心痛。杨绛哭得双眼发红，她终究未能见父亲最后一面。从此，她在世间便无父无母了。她伤心欲绝，又满心愧疚。幸而，她还有"我们仨"。

这片土地留有杨绛太多记忆，她生于此，长于此。父母也在这里度过了一生，最后叶落归根，与这片土地融为一体。再多的苦难来袭，她也未曾想过离开这里，她舍不得，她放不下。怀中的花一片片凋零，风将它们带向远方，也许有一天这片土地满是芬芳。她的期盼、她的等待都是她对这片土地热切的爱。这是一场没有选择的天长地久，她生于此，便一生都留在这儿。别处的欢笑打动不了她，她愿意等待胜利，她等不到便与这土地一同经历风雨。后来抗战胜利，她与钱锺书收到了许多橄榄枝，却未选任一。他们选择留在大陆。

时光的影匆匆划过，亲吻着回忆的涩。踏过黑夜与白昼，黎明是他们期盼的美梦。他们更在意的是在这片土地，点点滴滴的乡情。满天的黑，黎明的光，他们都在。他们放不下这片土地，忘不了这份乡情。

# 笑着，望向未来的光

金色的阳光照进窗内，不知不觉已过了许多年月，并肩坐着的夫妻已不再年少，记忆还留在最初的模样。抗战胜利后，杨绛与钱锺书便重新回到了清华。熟悉的气息扑面而来，新添了一些东西，旧的格局未经改变。曾经的梦还在，飘荡在空气中的芬芳沁人心脾，流淌在似水年华。从前只想着将美好都握在手中，现在才发觉摊开手心才拥有整个世界。走在校园的路上，跟着曾经的脚印，追寻着过往。此去经年，许多事情他们早已不在意了。那年花开，绿柳旁他们携手走过，听风说未来的影子不会远。记忆与眼前的画面渐渐重合，他们走过一条条路，一直到天荒地老。

清华的印记镌刻在杨绛与钱锺书身上，时间流过，也未能淡去一分。图书馆对他们便是天堂，学术氛围更是他们的最爱。回到清华，他们是欢喜的。钱锺书再次任教授，因清华大学规定夫妻二人不能同时为正式教授，杨绛便只好做兼职教授。在旁人眼中，杨绛是委屈的。杨绛却丝毫不觉得委屈，她喜欢这种自由，课排得少，她有空闲来做其他事。这样的日子，他们享受其中，仿佛回到了年轻求学时的岁月，他们一同在清华、在牛津、在巴黎，追着年少的梦。那时候，他们自由自在，在风中奔跑。那时候，他们还不知道失去的滋味，也不知道生活除了欢笑，还有许多苦痛。后来他们懂了，依旧满怀幸福，用回忆的温情安然度过了那些阴云密布的日子。

辗转于岁月中的欢笑和苦难，最后都成了时间洪流的一隅。所有的时光到头来都是美丽，因为她从不是孤身一人。如云烟般消失的过往，总于不经意间出现在心头。漫长的十年，诉不尽的辛酸，他们渐渐变老了，在不那么如意的日子里数着甜蜜。面对巨大的浩劫他们无可奈何，不少知识分子用生命祭奠颓败的浩荡，他们还可以忍耐，为对方坚守。时间翻过篇章后，对他们不过是南柯一梦。

中华人民共和国成立初期，曾有过对知识分子的改造运动，主要为了去除部分知识分子的偏激思想，融入新社会。浩大的声势最后偏离了原定的方向。杨绛与钱锺书对这项运动本不在意，他们专注于研究学问，与世无争。未承想，他们竟也需参加改造会议。杨绛甚至还被扣上莫须有的罪名，有口难辩。这样的事情，杨绛觉得十分委屈，但慢慢地也不放在心上了。时间久了，这场改造运动也渐渐淡去。没有人想到几年后会有更大的劫难发生。

或许是和平来之不易，脚下的土地已历经太多风霜，于是眼中便有了许多瑕疵，总想抹去。这一次，资本主义成了悬在头上的一把刀，为了保护党的纯洁性与国家的稳定，一场运动拉开了帷幕。任何与资本主义有关的文字与思想都是错误的，应当被批判。矛头再次指向文人，文字与思想，他们总是逃不开。

杨绛与钱锺书也嗅到了危险的气息，他们与资本主义的距离并不安全。数年的留学经历与从事的外文研究都可以被划分进“资本主义”。无可奈何，杨绛与钱锺书只好商量暂时不发表任何研究成果。为了保证安全，杨绛开始一心一意地做起了翻译的工作，心中多少有所缺失，却也是不幸中的大幸。然而，这并未使他们逃过一劫。杨绛与钱锺书已最大限度地避开“资本主义”了，最终他们还是被划为“右派”。

“右派”的帽子扣在头上是几乎不可能再摘下的。最初的起因仅仅是杨绛在过去发表的一篇文章，他们指责杨绛歪曲作家真实想法，企图传播不利于社会主义的思想。杨绛未多加辩解。不久后，钱锺书也因为莫须有的原因被划入“右派”。夫妻二人都没有丝毫的争辩，他们知道说不清的，解释也只是徒劳，除了引来无妄之灾再无他用。于是，他们沉默着，静静地低着头站在台上被批斗。在这十年中，他们始终带了一份淡然，知道有些事无力改变。他们只能沉默，能做的只是为对方坚守在世间。不少人为了尊严与气节在那时离开了世界，他们还可以忍受，因为他们有“我们仨”。

刚开始，批斗还不夸张，不过是站在台上接受所谓的思想教育。杨绛与钱锺书人缘颇好，虽被批斗但并无大碍，只是心里有一块地方凸起，怎么也抚不平。他们相互安慰着，照常聊着天、看着书。他们以为这样的日子不会太久，风波总有过去的时候，总有一天可以追寻自己真正喜欢的东西。可许多事情都不如期待般美好，他们等待着天晴，而寒冬即将到来，风在耳边呼啸而过，远方已飘起了雪。

突如其来的消息让两人静默无言，杨绛要下乡改造。她是“文革”下乡的第一批知识分子，没有人知道下乡后的境遇如何，他们不得不分开了。钱锺书什么也没说，在一旁默默地帮杨绛装行李，装了许多还觉得不够，他担心杨绛受苦。杨绛一时间也说不出话，她不知道前方的路好不好走，也说不出安慰钱锺书的话，更担心自己走后钱锺书的生活。安静在空气中缠绵，凝结一室荒凉。杨绛与钱锺书开始了往后十年间的第一次分离，他目送她离去，杨绛提着快要撑开的行李包，那是钱锺书亲手装的。

下放的农村在北京郊区，杨绛来之前已做好了心理准备，艰难的环境与她所想的并无两样。来到乡下，主要就是做农活，以此来深入体会基层人民的生活，学习社会主义，去除资本主义的毒瘤。对于文人，体力活并非他们所擅长的。杨绛这时已经不再年轻，尽管一同下乡的同事将比较轻的农活留给她，她依然吃不消，只能死撑着。她出生于书香门第，极少接触这些。后来结了婚，也只是做些家务，耗费体力的农活她只能咬牙坚持着。她的心中还燃烧着一团火，她有理由继续走下去。

杨绛不曾想过，自己的人生会面临这些猝不及防的苦难。可是比起怨天尤人，最好的方式是坚强面对，微笑化解。多年以后，她回想起这些点滴，岁月风干了那些凉薄，最难走的荆棘也变成了来路。

# 没有一种痛苦会是永恒

每日的工作是艰辛的，吃住也并不好。杨绛睡的宿舍与茅草屋无异，硬的床板上只有些许稻草，然后就是被褥了。每一餐都是极其简陋的粥或窝窝头，而且还无法填饱肚子。从清晨到傍晚，每一刻都是难熬的，手上的茧又厚了些许，拖着疲惫的身躯继续干农活，一遍遍在心里给自己打气。忍受着饥饿，望着天空想念钱锺书。夜晚难以入眠的时候，她数着过去那些日子，在曾经的温暖中寻求希望。如果曾经有过无比美好的时光，那些晦暗难挨的日子总会好过些。如果世上还有人在等待，那她一定不忍离去。

灯火阑珊处，模糊的身影，他知道不是她，却不由得想起她。钱锺书也被下放，他与杨绛离得更远了。与从前相仿，他拿起了笔，向杨绛诉衷肠。他讲述自己这边的情况，让杨绛不要担心。他安慰杨绛，让自己成为她的希望，他期待着他们再次相见的那天。左右对他们而言，不过是一场短暂的别离。他们知道对方过得都不好，他们知道许多人都同他们一样。他们更加幸运，因为他们有彼此，有钱瑗。

看着钱锺书寄来的一封封信，杨绛的心被暖化了。在她的所有不幸中，他总能带给她万幸。任何时候，她都有着他的陪伴，这是她前进的力量。频繁的来信，每一封都是她继续走下去的动力。过往的欢笑和未来的憧憬，有他在，她便有了整个世界。最令他们欣慰的是女儿钱瑗未被牵扯进这场灾难，在动荡中平安度过了数年。每一封信杨绛都十分珍惜，每个字她都感受得到钱锺书的真心。这让她想起了他们曾经分离时一次次的信件往来，那时他们还年轻。现在他们一起走过了许多年，还如同当初一般，情积攒在心间，愈发浓厚。信件越积越多，虽心中万分不舍，杨绛还是将它们烧了，可惜不能留下收藏。

几个月后，杨绛结束了改造，重新回到了北京。钱锺书不久后也离开了下放的地方。他们又团聚了，分别过后的相聚总显得更加美好。他们又过上了如往常般的生活，他们希望日后不再分离。他们从不惧怕世道如何艰难，他们唯独害怕生离与死别。只要他们还能在一起，再苦痛的日子他们都能安然度过。他们一次次期盼，希望能看见一丝光。希望却一次次被浇灭，暴风雨还未真正来袭。

短暂的相聚时光，经历了一段艰难而孤独的日子后，眼中的一切都成了美好。小心拘谨地生活着，心中却是艳阳高照，这样的日子他们仍旧心怀感恩，还不算太糟糕。安稳的日子没过多久，风暴便来了。杨绛与钱锺书十分艰难地度过了这段岁月。终有花开、柳绿的一天，而等待总多了份漫长。

苦痛而凄惨的回忆，遍体鳞伤的岁月，多少人敢再回首。命运是河流，人不过是漂浮其上的树叶。那段时光是往后许多人不愿回想的悲痛。对杨绛与钱锺书而言，过了许久便成了回忆中的小光景，一笑而过。

在那时，他们对种种事情也充满了不解，也感受到了前所未有的伤痛。他们原本是教授，在这场风波中，杨绛开始负责清扫厕所的工作，钱锺书被派去打扫院子。对此，他们还是豁达的。杨绛曾调侃说扫厕所有着意想不到的好处，她将厕所打扫得十分干净，这是往常清洁人员做不到的。有空时，她还躲在厕所看书，也乐得清闲。涉及"危险言论"的信件她也可以偷偷在厕所焚烧掉，又解决了一大麻烦事。

那些灰色的日子里，杨绛甚至还被剃去了半边头，成了"阴阳头"，她做了顶假发戴在头上，小朋友见着便追着她拽她的辫子。后来，他们被下放"干校"，花甲之年，他们还在干着农活。在这样的时光，他们却还有着他们独特的浪漫约会。苦难的日子过后，他们看着彼此，想到那段岁月，也只是淡然。

夜幕降临，北京城一片安详，街灯彻夜亮着。灯火通明，缭绕在空中的星辰被夺去了光环，它和人们一并想念着那些逝去的岁月。朴实无华的那些过往始终是胸口抹不去的朱砂痣。“我们仨”是杨绛、钱锺书、钱瑗用一生谱写的最亮丽篇章，他们费尽心思写出一场举世无双。每个在一起的日子都是他们填满心间的幸福，他们有幸在世间相遇，有幸家人一场。如同寸寸土地上开出的花，年年有新生，月月有芬芳。只要他们都在，便花开不败。

分离久了，自然会重逢。漂泊的日子，看天空、听风声，数着头顶的星星，寻着想念的方向。藏在回忆里翩翩起舞的时光时不时出来透透气，泛黄的照片早已失了温度，家在哪里，梦就长在哪里。许多年的爱与温暖浇灌出茁壮的树木，在荒芜之地也不枯朽。1972 年，阔别许久的“我们仨”终于又在北京重逢了，欢笑声从黑夜蔓延到了黎明。不大的屋子，却足够温暖，又是一个个晴空万里、微风阵阵的日子。

想起那时分离，每一次悲伤都翻滚在心间，久久不能散去。最先离开的是钱锺书，杨绛原本为他准备了六十大寿，可还没到那天，钱锺书便接到了通知被下放干校。他们不舍得离别，在此时不论说什么都是徒增悲伤。杨绛为钱锺书收拾好了行李，行李不多，他们家中已经没有什么东西了。临行前杨绛为钱锺书煮了一碗长寿面，愿他可以平安归来。

# 第七章 相依

等到风景都看透，细水长流共相守

# 在岁月中静默枯荣

钱锺书走后，杨绛开始感到孤独。不同于以往的别离，这次她真的是独自一人了。以前，她还有亲人，有圆圆，她不曾一个人住在家中。现在，圆圆也成了家。更多的日子，杨绛都一个人在家，她担心着钱锺书的安危，盼望着他能早日回来。钱瑗时不时会和丈夫一起来看杨绛，这使她不那么寂寞。丈夫不在身边，她至少还有女儿。心中的愁挥之不去，夜深人静她还是忍不住想念，幸好还有希望的种子埋在沃土，等待一场春雨洒下，长出幼苗。

夕阳的余晖泼下，染红了她的鬓角。时间走得真快，眨眼间又到了别离的时候。这次，离开的人是杨绛。钱锺书还未回来，杨绛又要下放干校了。下放干校后，她离钱锺书便近了一点，偶尔或许还能碰面。但她实在不忍在这个时候离开女儿，女儿正经历着人生第一次巨大的痛苦。钱瑗刚失去了丈夫，但杨绛别无他法，她无法决定何时离开，违抗只能带来更加惨痛的结果。钱瑗送杨绛离开的那天，杨绛心里很不好受，她走了钱瑗就是一个人了。悲痛还未散去，女儿接下来的日子一定十分难过。看着女儿疲惫的面庞，眼中还带着些许血丝，女儿未多说什么，她的心已如针扎。他们就这样别离了，那是 1970 年。

钱瑗自小同父母待在国外，这无疑增加了她的语言天赋，她同父母一样喜欢外语。战后杨绛与钱锺书初来北京时，杨绛工作之余还教钱瑗课本知识。大学时，钱瑗选择了北京师范大学外语系。在这里，她遇见了独属她的爱情。她的爱情如父母一样纯粹，不经意间的相遇，日久生情。钱瑗的丈夫叫王德一，他与钱瑗同在北师大读书，学习历史。当时外语系与历史系在同一栋楼上课，慢慢地，王德一注意到了钱瑗。偶然的几面之缘让他记住了这个女子，单纯又可爱的面庞深深印在了他脑海中。真正有了接触后，她更是住在了他心中。后来，他们便如同杨绛与钱锺书当年那般谈起了恋爱。

杨绛与钱锺书看到钱瑗找到了自己的幸福，也十分欢喜。毕业后，王德一成了大学老师，他为人和善，深受学生喜欢。钱瑗仿佛看到了自己往后的岁月，她最想要的爱情便是如父母那般的爱情，她感觉自己似乎可以做到。他们曾有过许多幸福的光景，钱瑗还年轻，她还未想过死别。一切来得太过于突然，除了痛哭，她不知道要做什么。

王德一是在“五一六”的时候被带走的，他的罪名是“炮打林副统帅”。罪名来得莫名其妙，甚至现在都不知道是什么原因。杨绛与钱锺书遭受到的批斗尚且算轻，已经到了那般地步。王德一遭到的批斗更加激烈，他是重点批斗对象。无休止的审问与拷打，他最终选择了自杀。钱瑗在往后许多年便成了孤单一人，幸福总不见得美满。

杨绛与钱锺书在干校劳累之余，担心最多的便是钱瑗。他们害怕自己倒下，有太多生命消逝在了干校，失了光芒。他们要撑着，若是连他们也离开了世间，钱瑗就真的无依无靠了，他们不忍心钱瑗独活在世上，多么残忍啊。在干校，他们一次次期盼，渴望早日回去。每当有回京的名单下发下来，他们都希望有他们的名字在里面。苦难不足为道，他们不过想要早日团聚。有一次，钱锺书听闻要送一批老弱病残回京，名单里有他的名字。杨绛与钱锺书都很开心，至少钱锺书回去后还可以同钱瑗在一起，而杨绛因此也可以获得每年一度回京探亲的机会。名单下发那天，他们找了许久也没有钱锺书的名字，不免失落。终于在 1972 年，他们受到周总理的关怀，得以离开干校重回北京。

回到北京后，杨绛与钱锺书住进了钱瑗在北师大的宿舍。父母的到来使钱瑗已蒙尘的心再次明亮起来。三年里，不知多少个日夜，她独自在宿舍想念着父母，缅怀着逝去的丈夫。如同父母担心她一般，她亦十分担心父母，她承受不了那么多痛苦，父母是她仅存的依靠。看到父母的那一眼，三年来的委屈都化作了烟云。她又有了家。

杨绛来到钱瑗宿舍，看着乱糟糟的房间，心里却觉得阵阵温暖。女儿与钱锺书都不爱整齐，他们似乎更喜欢凌乱的风格。从小钱瑗就跟着爸爸“胡作非为”，偏要同爸爸一起将妈妈刚收拾好的东西弄乱。原本摆放整齐的东西他们用过后便随手乱丢，杨绛对他们这种作为有着适当的宽容，父女俩也很会看杨绛脸色，他们不会真的惹杨绛生气。回忆一幕幕在眼前闪过，泪水湿了眼眶。过往的光阴仔细回想，都是幸福的放映。只要能够拥抱彼此，什么她都是雀跃的。

宿舍的床是上下铺，钱瑗原本睡在下铺，上铺没有人睡，堆了些许杂物。杨绛看着上铺积攒了许多灰尘，心里又不免滋生了难过的情绪。她难以想象女儿这三年来的生活，工作之外的时光，她不知钱瑗是怎样熬过来的。

钱瑗秉承着原来的性子，三年来只有孤独陪伴着她。想起过往那些闪亮的时光，她欣喜，也悲伤，更孤独。她不能拥抱过去，她看着未来，期许中又夹杂着恐惧。她不知道要怎么面对这个世界，她只好慢慢学会与自己相处。

杨绛明白钱瑗，所以更加难过，她一如既往地收拾好钱瑗乱哄哄的屋子，好像回到了从前的时光，只是她年迈了。他们开始了平静的生活，一切都进入了正轨。邻居们也十分友好，为他们拿来了许多生活用品，一时间解决了许多问题。房屋虽然不大，但一家人其乐融融，这便是最好的时光。钱瑗每天上班，钱锺书在家里研究学问、整理著作、看书籍报刊，杨绛打理着家中日常，空闲时便也看书。他们还和之前一样每天喝着红茶，品味着朴素而浪漫的生活。他们总能将生活染上自己的味道。

# 辗转流离，终得安稳

阴沉的天慢慢移开脚步，透出金色的光，乌云要散开了。这次团聚后他们终于不再有分离，除了死别，他们都在一起，身不由己的光阴已然逝去，他们可以安心了。往后二十余年，再无风雨袭来。清晨的光，傍晚的霞，他们仨都在一起，清闲的时光伴着繁忙的工作，曾经最美好的梦成了现实。同一片天空下，醉人的光景藏在心间，挂在面庞。回想过往，所有日子都是好时光，生命的河流涓涓不息，“我们仨”的爱万年不化。

杨绛曾说，小屋寒冷，但“我们仨”却觉得温暖。钱瑗的宿舍背光，平日里很少有阳光照进屋子。在平凡而隽永的幸福面前，这些琐事都不值一提，他们本不在意。不久后，钱瑗可以与同事换房，搬到向阳的房间去。听到这一消息，一家人都十分欢喜。搬到新家后，有了阳光，一切显得更加美好。斑驳的光洒在墙上，映在心间。现实的步伐一次次偏离了年轻时的幻想，杨绛未曾想到有那样多的艰难岁月，安然度过后明白这便是人生。此刻的生活已是最美满的故事。

钱瑗对待工作很认真，和父母一样。她勤勤恳恳地在北师大工作，将自己的后半生都投身于教育事业。钱瑗 1978 年被公派出国留学，她独自一人，心中满是勇气，她有自己的梦要追。杨绛总担心女儿在国外的生活，害怕她吃不消。回想起当年自己出国留学，与钱锺书在一起她未曾想太多。现在，她真切体会到父母当时在大洋彼岸是怎样的心情。她成了那个每天盼着女儿归来的老母亲。

钱瑗留学归来几年后被提升为教授，她更加忙了。杨绛与钱锺书真的老了，他们更加珍惜彼此，也更加在意女儿。每次钱瑗出国出差，杨绛都吊着一颗心，总有数不尽的担忧，直到女儿回来她才松一口气。杨绛原本很担心她与钱锺书离开世间后，钱瑗孑然一身。后来，钱瑗有了第二任丈夫，她才安心。钱瑗的第二任丈夫带着孩子，钱瑗如母亲般温柔的性子，让孩子喜欢上了她。在工作繁忙时，钱瑗会特地在报纸上看电视剧的剧情介绍，回家后与孩子探讨。每当周末，她还会给孩子们带小吃街各样的美食。

钱瑗将生活处理得很好，工作依然是她的重心。后来她成了北师大博士生导师后便更忙了。没有人能预想到，钱瑗竟忙病了。刚开始普通的感冒变得越来越严重。当时钱锺书已经住进医院，杨绛每天守在他的床边。钱瑗害怕母亲担心，不敢将自己真实的身体状况告诉母亲。因为疾病带来的腰痛，她只是骗母亲说是不小心扭到了。她不忍心母亲再多承担一份痛苦，她以为自己会好起来。最后，她还是没能瞒下去。她不得不住进了医院，检查结果如晴天霹雳般砸向钱瑗与杨绛。钱瑗得了肺癌，已经到了晚期。

女儿与丈夫都在病床上，她分身乏力。他们随时可能离开她，杨绛每每想到这儿都伤心欲绝。她对很多事都淡然，也见过很多生离死别。但钱锺书与钱瑗的离世她没那么坦然就能接受，她更多的是慌乱。看着钱瑗在病床上明明很痛苦，还要在她面前装作坚强的模样，她更加心痛。钱瑗愧疚自责，她不想让母亲担心，但杨绛怎能不担心呢？年过八十，她的心中还是只有丈夫和女儿。

钱瑗还是走了，"我们仨"从此不完整了。回忆里的欢笑化作了泡沫，从此只是一幕美丽的画面。在阳光下倒转，映衬着五颜六色的光，所有的记忆都包裹在里面。经不起触碰，只能隔着一层玻璃，静默地看着，任眼泪横流。她平生最大的杰作消失了，悲伤如一条河流流过她身体每一寸，寒冷刺骨。她的心不知何时才能再被暖化，此刻她除了悲痛什么也没有了。看着钱瑗闭上了眼，安详地离开，她终于流出了泪，放声哭泣。

时间的影子倒映在记忆的痕，泪干后，还看得见哭泣的面庞。年少的时光，匆匆别离了那些过往。孤独与时间相伴，悄然入梦。她紧紧抓着他的手，想永远不分开，她想他们若是能一同离去，该是多么的如意。暮年已至，离别成了一道墙，他们终会被死亡分开。六十余年相伴的岁月，他们已白头偕老。现在，他们想要同生共死。八十余载光阴，他们看到了世间太多景象，没什么再能惊起心中的波澜。他们都不怕死，只怕有一人独留于世间。

窗外的夕阳很美，第一次感觉黄昏真的要来临了。他们静静地一起看着，在每一天剩下的日子里。钱锺书躺在病床上，杨绛坐在一旁。他们心里都知道，这一次怕是过不去了。生命总有终点，灵魂不会逝去，每一寸光阴他们都要用力握在手心。等离开时，慢慢摊开手心，那些美丽会化作天边的虹。

钱锺书的病不是突如其来，他的身体本就不好，在干校时落下了许多病根，回到北京也一直断断续续地生着病。康复不久后便又要复发，杨绛细心照料才让病缓了下来。他们一起度过的所有岁月都是值得惦念的美景。

他们刚回到北京时，在钱瑗的宿舍里住了许多时日，三个人相处的时光分外美丽，轻易便抚平了时间留在心头的伤痕。后来，钱瑗有了新家庭，他们又回到了二人世界的光景。在那之前，钱锺书还因不小心吸入了灰尘导致哮喘复发，杨绛为此担心了许久，那是她第一次想到钱锺书会离她而去。幸好最后有惊无险，调养了一段时间便康复了。钱锺书病好后，两人搬进了学部的办公室。条件艰苦了点，他们日常生活都在一间小小的办公室中。白天他们各自读书学习，晚上铺好床褥便可以睡觉。虽然简陋，他们也自得其乐。只要能研究学问，在哪里他们都能安然处之。

颠沛流离之后，一家人终于到了安稳的状态，可是命运的阴影却依旧徘徊不去。分离即将到来，这一点一滴的温暖与守候，都是回忆之城的泥沙。

# 只有死别，不再生离

到了冬天，需要烧煤取暖，邻居会帮他们将煤运上来，他们的心总能因那些不起眼的煤炭变暖。人性总有着闪光点，他们很感激，也不至于因过去的经历而内心还存有失望。烧煤取暖的事自然也由杨绛来做，她一生为钱锺书做了许多，而钱锺书一直如她初遇时那般单纯。多年来，钱锺书的才华一天天地沉淀，越发浓厚。生活常识依旧少得可怜，他不会烧煤，六十多岁才第一次划火柴，并为此骄傲不已。他在杨绛面前，永远是个长不大的孩子，他不怕杨绛取笑，杨绛也不曾嫌弃他。

人心是暖的，他们也总是幸运的，不论怎样的劫难，他们最后都能全身而退。煤炭烧后空气中会有残留的一氧化碳，白天闻得到气味，开窗通风便没事。夜晚熟睡后，便有了生命危险。住在狭窄的办公室中，他们还面临着煤气中毒的危险。尽管杨绛会格外注意，但有一次他们还是差点陷入险境。那天晚上排气口被堵住了，他们没有发现。钱锺书在熟睡中闻到了煤炭味，察觉到了不对劲，他准备下床去查看，未承想一头栽倒在地上起不来了。好在钱锺书倒地的声音吓醒了杨绛，她赶忙下床扶起了钱锺书，然后开窗通风，重新通了排气口。

这次意外也成了两人往后很长一段时间的说笑。钱锺书自诩是这次事件中的功臣，若不是他两人可能就这样在睡梦中不再醒来，杨绛也笑着附和着他。他们在办公室整整住了两年，每天的生活都差不多一个模样。他们不是追求新鲜的人，安稳是他们最大的祈愿。重复的生活他们不觉枯燥，书中自有他们追寻的乐趣。对他们而言，能这样安度余生便是岁月静好。

似乎任何时候，他们都能寻到生活的乐趣。在不如意的日子，他们像旁观者一样看着生活，跟着生活走从来不是什么难事。他们跟着时间走，看眼前搭起的戏台轮番上映荒谬的戏剧。与彼此相拥的时光，才是他们自己的生活。他们想要的从来都很简单，一个家，一张床，许多书。若是不在那个时代，他们的生活可能更加恬静。而他们，从不想这些。每个时代有着每个时代的宿命，到头来还是一样的光景。

在干校时，他们也有自己的浪漫，生活从来难不倒他们，只要他们在一起。杨绛在《干校六记》中记录了那段光阴里的美好时刻："我们老夫妇就经常在菜园约会，远胜过旧小说、戏剧里后花园私相约会的情人了。”那时，钱锺书负责送信，每日都要往返于农场和邮政局间。杨绛被分配看守菜园。杨绛所属的农场在钱锺书所属农场与邮政局的中间，钱锺书每天在送信时都会绕远路来见一面杨绛，一起在菜园散步、聊天。若是时间赶不及，钱锺书就将提前写好的字条交与杨绛。他们虽不能时时相处，却也有着别样的趣味。

晦暗的时光，他们身心俱疲，每天的相见成了最大的浪漫，胜过他们在伦敦、在巴黎的见闻。曾经他们在欢快的时光里高歌，现在他们在苦难的日子里相拥。走过的每一步，都是温柔的点缀。等到了别离，曾经的每一刻她都不舍，再苦的时候，有他便也化作了甘甜的清泉。

在办公室的近三年中，钱锺书完成了《管锥编》的工作，杨绛也重新开始丰富自己的知识。那些日子终于一去不复返，他们又可以安心地做学问了。不久他们便要搬离办公室了，组织重新分了条件更好的居所给他们。听说是十分宽敞的房子，而且阳光明媚。他们是开心的，杨绛希望可以有间书房，这同样也是钱锺书最在意的。他们唯独痴爱书，对生活的其他事反而没有高要求。他们不为大事苦恼，却常常为小事欢喜。他们不由得想象搬家后的生活，有更多的地方放书，他们便可以买更多的书回家。每天在金灿灿的阳光下看着书，累了便看看天，在窗边摆一张小桌，泡一杯红茶，便是一天。

杨绛特地选了一个好日子搬家，新的寓所比他们想象中要好上许多，位于三里河，四室的大房子。他们终于有了应有的待遇，劳苦波折的中年过后，他们终于可以像样地安享晚年了。杨绛与钱锺书感到不可思议，心里又十分欢喜，他们将一间屋子当作书房。在这里，他们可以更好地做学问，没有什么能打扰他们。面对不速之客，他们向来婉拒，他们真的很忙。不是所有人都理解他们的繁忙，许多人只觉得钱锺书高傲、架子大，钱锺书也只能无可奈何。

新年的时候他们也只是简单地吃顿年夜饭，然后继续工作。他们在与余生奔跑，在剩下的时间里，他们还有许多事要做。他们在做的那些便是他们生命的意义，他们愿意花费心力。老夫妻俩相伴相守，何其温馨浪漫。每日清晨，钱锺书做好早饭，叫杨绛起床，中西结合的餐食，二人吃得不亦乐乎，红茶是他们多年的瘾，每天都要喝。吃过早饭后，杨绛便去洗碗，收拾好家务后两人便又进入了工作状态，互不干扰，各自在自己的乐土里畅游。直到晚饭过后，杨绛搀着钱锺书在楼下散步，缓慢的脚步伴着夕阳的余晖，他们的背影说不出地动人。

房间里有两张书桌，一张大的，一张小的。钱锺书用大书桌，杨绛则用小书桌。杨绛曾戏说因为钱锺书名气大，便要将大书桌给他。其实是杨绛事事都将钱锺书排在自己前面，她用一生去爱他。再者便是钱锺书所需的资料确实很多，所以需要大的书桌。他们是寻常的夫妻，却不如寻常夫妻般斤斤计较，他们互相包容，从不争抢。生活的琐事如尘埃，掉不进他们眼中。

杨绛也有许多自己要做的事，她翻译了《堂吉诃德》，写了《干校六记》，还有一些散文。她读着书，与那些文字比年轻时更贴近了。钱锺书还教杨绛写书法，他教得很认真，杨绛也学得很认真。钱锺书每天还布置作业给杨绛，一笔一画间杨绛写出了心的平静，也看见了更多温暖。这样的时光，真好。

看着钱锺书的身体总是虚弱，杨绛便让他去锻炼，没几次钱锺书便以各种理由推脱。杨绛知道钱锺书是不忍浪费自己的时间，杨绛懂他便不再要求他如此了。钱锺书时不时会生病发烧，杨绛每次都悉心照料，她甚至学会给钱锺书打针。她只希望钱锺书每一次都可以挺过去，他们可以在世上再久一些。钱锺书也明白杨绛对自己的担心，变得十分注意身体。他还放不下手头的工作，更放不下杨绛。

1994年，钱锺书再次住进了医院，这一次情况很不乐观。钱锺书被查出了膀胱癌，他要面对痛苦的病情。手术具有风险，术后也必定会留有身体的疼痛。这对八十多岁的老人是残忍的，但除了承受别无他法。杨绛担心极了，她怕钱锺书受不了手术的痛苦。手术的过程是漫长的，杨绛一直等在手术室门口，她放心不下钱锺书。一时间，她心中已是大浪翻腾，难以平静。见惯了大场面的她此刻不过只是一个担心丈夫的普通妻子。

钱锺书身体状况一点也不好，肾功能衰竭，左肾接近坏死。手术中，医生将他的左肾一并切除了。这场大手术结束后，杨绛才稍微放下了心。随后的休养与康复又需要许久，几十天里，杨绛寸步不离地照顾钱锺书，只有她自己来她才能放心。她要看着他熟睡的面庞，她才能安然入睡。白天她尽可能地与钱锺书说些开心事，晚上等钱锺书睡着了，她便陷入了愁思。偶尔的哭泣也满是自责。钱锺书被允许出院时，杨绛也瘦弱憔悴了不少。

虽然出院了，但钱锺书的身体依然很差，没过多久他就再次住进了医院。杨绛知道他的身体更差了，这次钱锺书已经无法正常进食。后来连话也说不了太多了，杨绛怕他真正睡过去，她不停地讲话给他听。钱锺书不能一一回应，却都听得到。就这样，钱锺书在医院一住就是四年多，杨绛始终陪在他身旁。钱瑗去世时钱锺书的病情也十分糟糕，杨绛没有告诉他。过了一段时间，钱锺书才知道女儿去世了。那时，他也快走到生命的尽头了。

钱锺书八十八大寿时，党中央派人来慰问，钱锺书还高兴得挣扎着坐了起来，同来者讲了几句话。钱锺书在这之后十几天病情都趋于稳定，没想到有一天突然间又恶化了，最终抢救无效。钱锺书的离去大概是杨绛生平受到的最大的打击。这时她身边已空无一人了。她早已想到了这一天，可当这天真正来临时，她还是无法不悲伤。钱锺书最后留给她的话是“好好活”，她只觉鼻头一酸，泪便落下了。

葬礼她遵从钱锺书的遗愿，一切从简，只请几位亲朋好友送行，没有花圈，也不留骨灰。她最后看着他的面庞，不再落泪，她知道从此后她要坚强，她还要为他们打理好一切才能离开。从此，只剩下一个人的“我们仨”。

她做了许多梦，在梦里：

“他已骨瘦如柴，我也老态龙钟。他没有力量说话，还强睁着眼睛招待我……他现在故意慢慢儿走，让我一程一程送，尽量多聚聚，把一个小梦拉成一个万里长梦。这我愿意。送一程，说一声再见，又能见到一面。离别拉得长，是增加痛苦还是减少痛苦呢？我算不清。但是我陪他走得愈远，愈怕从此不见。”

# 不落浮华，优雅老去

昏黄的灯下，单薄的身子缩成一团，花白的头发有些乱了。窗外的灯光已少了大半，老人依然坐在桌前奋笔疾书。偌大的房子，一个人住不免多了份凉意。从前，他们还在她身边，她无论多么操劳，她的心都始终暖着，不觉得累。现在，他们都离开了她，她心中一片荒凉，一个个梦串起来，他们冲着她微笑，她宁愿这场梦不要再醒来。她也想随他们一同离去，在另一个世界寻找他们的幸福。可她不能，她要打起精神。他们让她好好活，她自然要将生活过出另一番滋味。

他们都走了，总要有一个人留下来打扫现场。他们许多年里丢了不少摊子给她处理，在最后也一如既往。她也如过去一样任劳任怨，这是她留在世上的希望，是她还能抓住的幸福。世间总免不了别离，生命轮回后不知去往何方，人们固执地相信着重逢。她从此看不见他们，只能在琳琅的回忆里寻觅最闪亮的他们，将一个人的生活活出三人份的精彩。午夜梦回，她欣喜又望而却步，泪水布满了面庞，她已分不清究竟是悲伤还是欢喜。

女儿和丈夫都走了，她要整理他们遗留下来的东西。钱瑗生前未写完的稿她要补上，钱锺书最在意的书稿和笔记她要来慢慢整理。钱锺书留下的东西花了她许多精力与时间。那几乎是钱锺书一生的所有心血，从国外到国内，数年来积攒了许多，杨绛知道那些手稿的珍贵，她整理起来十分用心。手稿的数量之多已是困扰，不同的语言和种类更是为整理工作增加了许多困难。杨绛日夜操劳，她害怕自己来不及做完这项工作，她不知道自己还有多少时光。

花开花谢，时间的痕迹布满世间。记忆还停留在那个喝着红茶的午后，阳光不够温暖，茶是热的，穿过咽喉温暖了身子。眨眼间，便不知又过了多少时日。树叶开始凋零，这时才发觉时间匆匆。模糊的画面在记忆的温床发酵，融入了躯干，被带入了骨血。记不清也没关系了，岁月太漫长，总有被遗忘的时光，也总有怎么也忘不了的日子。

钱锺书病重时，便有出版社打电话询问他是否考虑出版一些稿件。钱锺书很清楚自己的身体状况，但还是回绝了。他说他的稿件必须要他亲自审查过后才可以出版，杨绛也是知道的。打从心里，杨绛自然是尊重钱锺书意愿的。这么多年他们相爱却又互相尊重，不越界，这也是他们的爱情被传为佳话的原因之一。钱锺书真正走后，杨绛看着家里堆放的手稿又犹豫了，她终归不忍心。除了出版，她想不到更好的处理方法。难道她能扔了不成？若有一天她真的也离开了，这些手稿更不知要何去何从了。最终，杨绛决定整理出版，留给后世人作参考资料。

在手稿出版后，杨绛还一再说明钱锺书原本是不愿意出版的，他走了她不忍心毁了这些资料，她能怎么办呢，只好悉心整理出版，希望能对世人有微薄之用。那几乎是钱锺书一生学习研究的记录，里面有非常丰富的知识，对后人研究学习必定有极大的功用。钱锺书若知道了杨绛所做的一切，也一定不会责怪她。妻子的好他自然懂得。

整理工作绝不简单，据记录杨绛所整理的钱锺书笔记垒在一起有几麻袋，其中包括外文笔记一百七十八册，三万四千余页，中文笔记数量与此大抵相同，还有钱锺书的“日札”，也有几千页。杨绛每日戴着眼镜，仔细辨认笔记上的字，有不少都是蝇头小字。有些笔记时间太久了，已出现残缺，杨绛要自己来判断补充。曾经杨绛提出过为钱锺书修补笔记，当时钱锺书说没有必要花费心思了，许多对他已经没用了。对钱锺书是已没用了，但对以后的读者必定是有价值的。

杨绛知道钱锺书做学问时严谨的模样，整理起他的笔记来她也十分认真，没有一丝马虎。为此她常常熬夜，每次整理都忘了时间。编辑来家中取手稿时，看到杨绛在窗前眼睛红肿的模样，忍不住在心里感动。杨绛对钱锺书的事一向如此在意，她生怕来不及完成这项工作。那样她不安心。不顾旁人的劝说，她日以继夜地完成这项工作，几年间每一天都在整理钱锺书的书稿。

她将书稿一一分类，外文有七种需要记录，她只懂三种。后来便决定将手稿暂且保留，她整理她懂的部分。这些手稿和笔记几乎贯穿了杨绛认识钱锺书的后半生。看着熟悉的字迹，有些笔记她还有印象，还能回想起那天发生了什么。没有人知道，杨绛是怎样独自一人整理手稿的，回想起曾经的时光她带着怎样的感情。对她，这是幸福也是悲伤。每一天都念着过去的岁月，看着已离去人的笔记。那么多字她都一一看完了。

偶尔，她也会失神，枕边人怎么就不见了呢。他在写那些笔记时是带着怎样的心情，那时候她在做什么。她想着他们在国外时的生活，想着一次次搬家始终跟随着他们的这些书稿。有时她忍不住一想便过了大半天，等收回了心自觉懊恼，她生怕耽误了钱锺书手稿的整理。夜晚，她常常做梦，她跟在他身后，一步步将他送走，醒来枕边都是泪。

那时，她将钱锺书的手稿整理工作当成了余生第一要事。花了许多时间，日复一日，年复一年终于整理好了笔记。她还要为这些笔记说明，为钱锺书说明。她在《钱锺书手稿集》序言中说：“许多人说，钱锺书记忆力特强，过目不忘。他本人却并不以为自己有那么‘神’。他只是好读书，肯下功夫，不仅读，还做笔记；不仅读一遍两遍，还会读三遍四遍，笔记上不断地添补。所以他读的书虽然很多，也不易遗忘。”

她还说：“锺书读书做笔记成了习惯。但养成这习惯，也因为我们多年来没个安顿的居处，没地方藏书。他爱买书，新书的来源也很多，不过多数的书是从各图书馆借的。他读完并做完笔记，就把借来的书还掉，自己的书往往随手送人了。锺书深谙‘书非借不能读也’的道理，有书就赶紧读，读完总做笔记。无数的书在我家流进流出，存留的只是笔记，所以我家没有大量藏书。

“锺书的笔记从国外到国内，从上海到北京，从一个宿舍到另一个宿舍，从铁箱、木箱、纸箱，以至麻袋、枕套里出出进进，几经折磨，有部分笔记本已字迹模糊，纸张破损。锺书每天总爱翻阅一两册中文或外文笔记，常把精彩的片段读给我听。我曾想为他补裰破旧笔记，他却阻止了我。他说：‘有些都没用了。’哪些没用了呢？对谁都没用了吗？我当时没问，以后也没想到问。”

那些岁月的回忆她再次说起来满是幸福的泪光，生死不可控，她有幸遇到他。整理手稿的几年，亦是她放逐回忆的时光。她翻来覆去想了无数曾经的事，哭了许多次。终于，她懂了那是她一生的守望。

《钱锺书手稿集》是扫描版，并非印刷版。因为整理成印刷版接近于一项无法完成的任务，除非钱锺书本人，恐怕不知要用多少年才能完成这项工作。《钱锺书手稿集》的出版一开始便面临着极大的挑战，从未有过这类书籍出版，没有先例可循，要在销量无法保证的情况下投入大笔资金完成扫描工作，不得不仔细思量。出版这本书无疑是保护文化，传播深厚思想。不去考虑利益，更多的是出自心中的责任感。再三斟酌下，商务印书馆2000年特批了这个项目。

这项工作投入资金三百万元左右，在当时是罕见的。商务印书馆为此特地购买了最先进的扫描仪，争取最大力度地还原钱锺书的手稿。手稿每一页都密密麻麻，有的地方还画了简笔漫画，有些能看出来是名人肖像。钱锺书始终有着孩子心性，杨绛看到这些也能笑出声，他果然一直如此。

钱锺书走后，杨绛已不大出门走动了，她整副心思都放在了钱锺书的手稿上。每一个夜晚陪她入梦的都是那些文字，清晨的第一缕光洒下，那些文字发着光。一把剪刀、一瓶胶水，她戴着眼镜便能忙活一整天。各样的情绪在她心里走过，最后书稿整理完了，她的心也归于平静了。她又将现场打理得干干净净、整整齐齐了。只是这次没有人再来弄乱了。钟声响起，又到了她在梦里与他们相会的时间。月光皎洁，白嫩的光照进屋内，她又想起了从前的夜晚。

# 第八章

## 守候

一个人的静默岁月，

『我们仨』的美好光年

## 夫妻伉俪，声名远播

寂静的午后，泡一盏清茶，在桌前捧一本书细细读上一遍，便是美好的光景。数千年浩瀚的烟云，带不走文字的隽永。生命如斯，日出日落，终化为泥土，这一生也随风消逝。一层层覆盖着，历史容不下时间的广袤，总有散落一隅被抹去的记忆。时间是风，生命如尘，时间久了，开不出花便寻不到影子。那些雕刻在世间得以留下的故事，总是珍贵的。

书籍有着独特的魅力，有些可以看到一个时代的沧桑，有些可以看到人性的枷锁。一本书，读得深刻便经历了一次人生。那些已逝的作者用数年甚至一生砌好了一座房，他们历经了风雨，而读者可以在那间房中看他们的过往，追寻自己的往后。每一间房都不尽相同，窗外风景不同，屋内构造亦不同。读书有许多原因，有些人翻开了书，便一生都未再合上。世界的精彩有许多，若不能以脚步企及远方，便在书香里穿越时间与空间，游走于每个时代，怀抱那些伤与笑。

杨绛一家都爱读书。幼时，杨绛看父亲读书，母亲也读书。虽读的书相差甚远，但都读得津津有味。从此，杨绛的心里种下了一颗种子。一场春雨过后，埋在心间的种子发了芽，慢慢长出了幼苗。杨绛开始读各类书，有了不能一星期不读书的美谈。到了大学后，学校的图书馆成了她最爱去的地方，每到新的地方她必定会先去图书馆。清华大学的图书馆于她是场美丽的相遇，在那儿她读了许多书，幼苗更加茁壮。后来，她与钱锺书远赴大洋彼岸，在英国、法国做得最多的也是读书。读书是她在生活中最大的享受。归国后她一次次进行创作，她心里那棵树已结了果实。随着年龄的增长，她读书的热情从未削减。

在上海时，刚回国的她住在钱家，只能忙于家务，没了空读书。那时她不免忧伤，羡慕钱锺书在大学授课，空闲时间可以随意看书。后来她又有了看书的机会。杨绛与钱锺书不同，钱锺书一生都在看书、研究学问。而杨绛要做许多其他事，譬如照料这个小家，替钱锺书挡去许多麻烦事。她时不时需要操劳，钱锺书只需一心做学问。她甘愿如此，却也希望每日都能读书。在“文革”时，因为在扫厕所时能看书，她便觉得这份工作也不赖。

在国外的那段经历和晚年与钱锺书一同读书的时光，是她最欣喜的。现在，钱锺书已离她而去，女儿也黑发早亡。她独自一人在家待着，不喜欢出去走动。钱锺书的书籍和文献依旧放在原位，她如他还在时那样生活。看书成了她最大的消遣，能让她遗忘许多悲伤。时间久了，便也没那么悲伤了。钱锺书离去的近二十年间，杨绛一直住在曾经的寓所，整理书稿之外便是读书了。她没了相伴的人，至少还可以做爱做的事。

杨绛一向喜欢读书，她的生命是与书籍连在一起的。独自居住，孤身一人，她的生活却并不枯燥与无趣，她不是数着日子过每一天。她的生活单一却丰富，书里的世界足以占据她的心。她像拿着一个万花筒，透过它看世界的缤纷。一眨眼，一天便过去了，她还惦记着书里的内容。她的知识愈发丰厚，内心也愈发柔软，时间没能在她这儿留下痕迹，她没有在意时间的步伐。

她翻译的著作《堂吉诃德》几经波折后，终于在 1978 年出版了。“文革”期间，她不知为这本书稿操了多少心。她爱读书，爱文学。2004 年，正值杨绛创作文学作品 70 周年，人民文学出版社出版了《杨绛文集》，里面收录了杨绛的创作作品与翻译作品。《堂吉诃德》便在其中，这部翻译作品使杨绛收获了不少名声，甚至出访西班牙获得国王颁发的勋章。杨绛却未曾在意，她只是认真做了一件事罢了。收录的作品还有曾闻名一时的戏剧《称心如意》与《弄真成假》，散文《干校六记》和《我们仨》等，长篇小说《洗澡》和其他七篇短篇小说等。

《杨绛文集》的出版她心怀感激，当作是大家对她的关怀。她依出版社要求自作了序文和《杨绛生平与创作大事记》。但她拒绝参加研讨会，在她眼中研讨会更像是“检讨会”。她对邀请之人说：“我把稿子交出去了，剩下怎么卖书的事情，就不是我该管的了。而且我只是一滴清水，不是肥皂水，不能吹泡泡。”

杨绛与钱锺书都爱读书，他们也都为后世留下许多佳作，他们同样希望中国青年都能“好读书”。1995 年，在钱锺书病重之时，一家三口共同决定将钱锺书、杨绛的所有稿费及版税捐于母校清华大学，成立“好读书”奖励基金，以此来激励广大学子多读书，并帮助家境贫寒的学生。他们一向淡泊名利，金钱从来不是他们所憧憬的，也未曾想留给儿女巨大的财富。将所拥有的财富投入到教育事业是他们最希望的。这样的决定比较罕见，一次捐出所有稿费及版税，可见二人已十分通透。他们清楚自己需要什么，无需金钱为生活添色。

杨绛与钱锺书不喜欢有关“名利”的活动，他们觉得这样的事情只是浪费时间，曾经他们为了躲避这些苦不堪言。晚年杨绛更是如此，她很少出门，也不大办生日。许多邀约或访客，她都不应。2001 年，“好读书”奖励基金正式成立，全家人当年的约定她现在也办妥了。出乎意料地，杨绛亲自去了清华大学的捐赠仪式。那时，她已年近九十。发言时，她被安排坐着发言即可，但她特意站了起来。她看着不过是一位矮小的老人，讲起话来却有力极了。

她说："这次是我一个人代表三个人说话，代表我自己、已经故去的钱锺书和女儿钱瑗……在一九九五年钱锺书病重时，我们一家三口共同商定用全部稿费及版税在清华大学设立一个奖学金，名字就叫'好读书'，而不用个人名字；奖学金的宗旨是扶助贫困学生，让那些好读书且能好好读书的贫寒子弟，能够顺利完成学业……感谢清华大学帮助我实现了我们一家三口人的心愿。"

这次她捐了稿费72万元，当时已算是不小的捐款了。现场清华师生看着这位老人，她的言辞和那份单纯的心思感动了不少人，那一天一直停留在不少人心中，难以忘怀。后来杨绛也只是轻描淡写地说笑道："收到几十万元稿费得跑银行，还要去税务局交税，麻烦，著作权拿在手里更是烦心事，有时难得认真起来还要跟人打官司，不如交给学校管理。"其实早在六年前她便与家人做好了决定，他们"好读书"，也希望这种精神能一直流传下去。

杨绛晚年更加低调，生活也一如既往地朴素。因参加"好读书"捐赠仪式，杨绛在清华园小住了一段时间。那时正好赶上她九十岁生日，她却对谁也没有讲。每天在清华园也同往常般看书，偶尔下来散散步。后来大家知道了她即将迎来九十岁生日，想要为她大事操办，她谢绝了。生活每天都应该是朴素的模样，并无什么值得庆贺的。生日当天她只是与几个旧友一同出去吃了便饭，还有一个小蛋糕，并没有特殊的庆贺。温柔，是她对世界的包容；朴素，是她对自己生活的向往。

# 喧嚣尘世里的隐士

每一次回眸，眼中都是不同的风景，走过的路越远，看见的便越多。她看了许多书，每一次都是前行，钱锺书说她是“最才的女”，她不过是用时间搏欢喜。风吹叶落，花败化泥。世间万物都有着本来该有的面目，人也如此。内心最初的雀跃过了许久，依然感到心动，因为真的喜欢。生命有长度，用喜欢的东西填满才值得。

杨绛愿意将版权全部捐出，可到了涉及人格方面的事情时，她决不退让。杨绛、钱锺书、钱瑗是应当受人尊敬的人，他们的品行有目共睹。任何有品行的人都不应该做出伤害他们的事情，尤其在钱锺书与钱瑗离世后。然而并不是每个人都有良知。2013 年 5 月，某公司发出消息，表示即将公开拍卖钱锺书、杨绛、钱瑗手稿。杨绛听闻这个消息后，一向温柔的她难得生气了。这样的行为她无法坐视不理，不知道手稿由何而来，动乱的年月总免不了失去些东西。手稿中有许多家书，信件里记录的事情并非都能公开，免不了涉及个人隐私。

同样气愤的还有其他读者与文人，这显然是不道德的行为。故人已逝，可现世的人还用遗物牟取利益。这样的行为杨绛无法忍受，她立刻打电话给主办方要求撤回信息，取消拍卖。对方并没有认真地处理这件事，态度很敷衍，最后直接挂断了电话。对方并没有打算和善地处理这件事，杨绛温柔的性子里也有着极为刚烈的一面。最后不得已杨绛用法律来处理这一事件。其他事情她都可以不在意，不当一回事。但有关钱锺书与钱瑗的她便不能不管，她一生都用尽力气呵护着他们。他们逝去，她也要保卫他们所有的尊严。

2014 年 2 月 17 号，北京二中院一审宣判被告所作所为确有涉及侵权，杨绛胜诉，并获得了一定的赔偿金。杨绛最初的目的不过是维护一家人的权益，并非为了赔偿。世间，许多事情可以不计较，但与尊严相关的不可以大度。

杨绛与钱锺书一生与文字相伴，他们在书中寻觅着自己的天地，无暇顾及其他。身外物反而阻碍了他们前行，他们只想安心地写满一匹匹素锦，不华丽但足够真实。岁月的长河生生不息，他们翻着书页，一页页翻过，一本本看遍。他们穿过青葱的时光，来到安详的晚年，皱纹也渐渐爬上他们的面庞，他们仍然记得这些年他们走过的路，看过的书。他们奋笔疾书，他们求知若渴。于他们而言，这便是最好的生活，这便是他们的一生。

杨绛103岁时完成了《洗澡》的续集《洗澡之后》，看着她从98岁开始写的这本书问世后，她终于可以放心了。她在前言中说："我特意要写姚宓和许彦成之间那份纯洁的友情，却被人这般糟蹋。假如我去世以后，有人擅写续集，我就麻烦了。现在趁我还健在，把故事结束了吧。这样呢，非但保全了这份纯洁的友情，也给读者看到一个称心如意的结局。我这部《洗澡之后》是小小一部新作，人物依旧，事情却完全不同。我把故事结束了，谁也别想再写什么续集了。"

从黑夜到黎明，一步步走过，才发觉人生本就是越走越通透的。从暗无边际的地方一步步走向光亮，经历得越多，越看得清周围的景象。原本以为自己行走在广袤的天空下，走了许久才发现不过是一条羊肠小道。走过的路多了，心里明白的东西便也多了。许久后才发觉，世界是跟着心走的。只要心里拥有一片广阔的天地，走在哪里便都宽敞。到了海天交接的地方，看到了那束白光，生命便也走到了尽头。

杨绛一步步从晨昏走向明亮的光，她不断地思考着过往，看着现在。她看得比年轻时清楚许多，却始终有一些困惑未能解开，大概她还未到离开的时候吧。钱锺书陷入重病时，她努力撑着不让自己倒下，那时她发愿只比钱锺书多活一年，送走了他，料理好他的后事，她便也离开世间。她的愿望没能实现，她也渐渐看开了。钱锺书离开后，没有人见她掉一滴泪。看着泣不成声的晚辈，她甚至还细心安慰，说着没有什么的。若是她先离钱锺书与钱瑗去了，他们得怎么办哪。

她想若是顺序换了过来，她成了最早离开的，他们一定不知所措，熬不过来。没了她，他们要怎么生活呢，他们要怎么面对这个世界呢？好在这份悲伤由她来承担，她还可以承受，虽然她也痛苦。年少时，她听着父母说着“我死在你前头”，父亲母亲争着说，好像谁先离开谁会占便宜一样。那时她还不懂那是别离的苦痛，悲伤的是未亡人。最后，她听见母亲对父亲说：“还是你死在我前头吧，我死了你要怎么办呢？”后来没想到先离去的那个是母亲，父亲瞬间苍老了几岁，失了精神。

钱锺书走后她便懂了当年父母的感受，她本不想在世上停留那么久，也未承想自己真的能停留那么久。她像是赶时间般地处理着钱锺书留下来的事，一做便是好几年，竟也做完了。而她也依旧在世间，钱锺书与钱瑗离去后，她已无惧生死。既然还没到离开的时间，她便留下来好好生活，等那天来便是团聚。杨绛心态还是十分好的，她很注重健康，不仅饮食方面会注意，还时不时会出去走走。

杨绛 94 岁时生了场大病，她本以为自己要“回家”了，最后还是挺了过来，顺利出院。在医院她不停地想着种种问题，生与死、灵魂的归处、命运使然、人生路途、信仰等，她开始一遍遍地问自己，她不能一下给出答案。这些问题绕在她脑中挥之不去，她晚年第一次离死亡这么近，不由得想起了这些。她已到垂暮之年，随时可能离去，她一直清楚。但这次难免有了疑惑，这种疑惑让她有了兴致。

杨绛 96 岁写下了《走到人生边上》，那次生病便是这本书的开始。她在序言写下：

二〇〇五年一月六日，我由医院出院，回三里河寓所。我是从医院前门出来的。如果由后门太平间出来，我就是“回家”了。

躺在医院病床上，我一直在思索一个题目：《走到人生边上》。一回家，我立即动笔为这篇文章开了一个头。从此好像着了魔，给这个题目缠住了，想不通又甩不开……

离开医院回到三里河的家，杨绛始终在心里想着这些问题。她一遍遍地问自己，心里每次冒出一个答案时，便又被推翻。她知道真正的答案还未想到，临近人生边缘，她突然迷茫了。一桩桩事情串联在一起，她看到了从未看到的东西，却说不出那究竟是什么。许多日子过去了，她开始渐渐明白了。她开始认真地同自己讨论灵魂与价值两个问题。

她在纸上写道：

我站在人生边上，向后看，是要探索人生的价值。人活一辈子，锻炼了一辈子，总会有或多或少的成绩。能有成绩，就不是虚生此世了。向前看呢，再往前去就离开人世了。灵魂既然不死，就和灵魂自称的“我”，还在一处呢。这个世界好比一座大熔炉，烧炼出一批又一批品质不同而且和原先的品质也不相同的灵魂。有关这些灵魂的问题，我能知道什么？我只能胡思乱想罢了。我无从问起，也无从问答。孔子曰 :“未知生，焉知死”，“不知为不知”，我的自问自答，只可以到此为止了。

## 守着岁月静好，心安如初

杨绛将许多事情想得简单，这正是她智慧的地方，她对自己的拷问是对生命真挚的思量。她看着自己已经走在了人生边上，她没有什么遗憾了，只想过好最后的时光。她开始对自己的生命进行洗涤，淘去那些尘埃，她要干净地“回家”。卧在家中读书学习便是她期许的生活。她还有时间，便多做些事，多一天欢喜。

杨绛突然明白了有一些问题并没有十全的答案，若是有，那样深的源头不去追溯也无妨。她只将自己的问题用自己的方式解答便好。灵魂的问题太过深刻，从何而来又去向何方怎么说得清呢。古往今来，诸多言论最终都归于心中最虔诚的想法如何。太多的哲学家探讨过这个话题，每个哲学家有自己的看法。哲学家通透了，写出了自己的看法，然而有几个世人能真正领悟呢。看了也不过是增加了见闻。杨绛曾翻译过柏拉图对话录之一的《斐多》，她那时全心投入，只为忘却自我。她感受到了先哲的思想，这种思想也曾帮她度过那些伤心的时刻。

回首过去，她看得清走过的路，而未来还蒙着雾。她不知道她能走到哪一步，但每一步都走得坦然，一直走到了百岁之后。百岁生日那天杨绛只吃了一碗长寿面，她拒绝了一切邀约。只说若是真心祝福她就在家中为她吃一碗长寿面便可，她从未在生日讲排场，生日不过是时间在生命中打的结，每过一年，便多了一个结。

时值百岁，她留了一段话："我今年一百岁，已经走到了人生的边缘，我无法确知自己还能往前走多远，寿命是不由自主的，但我很清楚我快'回家'了。我得洗净这一百年沾染的污秽回家。我没有'登泰山而小天下'之感，只在自己的小天地里过平静的生活。细想至此，我心静如水。我该平和地迎接每一天，准备回家。"

活得久了，愈加返璞归真了，曾经不在意的风景，现在也要细细看上一番。走了许多年，脚下的路已绵延到了很远的地方，却不知一路上错失了多少美丽。平淡无奇的每一天，用心感受，都是伴着微风的美梦。纯真的笑脸仿佛回到了少时的光景，什么都是有趣的。走在人生边上，不再回首，此刻便是永恒。每一个日子都是人生的写照。

离别未曾好好说再见，他们有太多来不及说出口的话。撒在身上的鲜花已看不到，芬芳不知流向何处。远处星光闪烁，她时常在想他们是否也在那样远的地方。回想过往的时光，如同春风绵延十里，醉倒在卧。这些年数不清做了多少梦，在梦里，他们呼唤着她，她遥遥地望着他们。她想要走过去，却怎么也迈不开脚。恍然间，她才想起她与他们不在一处，中间隔着的河流怎么也跨不过去。

白茫茫的天，她在一片迷雾中寻觅着，她看到了模糊的身影，认出了他们。她痴痴地看着他们，不忍心移开视线。她等着他们回头，最终却只是梦醒。许多个夜晚，杨绛都这样醒来。她看着天空，想着曾经的年华。从圆圆幼时到钱锺书离世之际。那是她能拥抱的最美好的翩翩记忆。

人生原本就有许多不易，欢笑与苦痛交织，构成了彩色与黑白交织的网，美丽而深沉。若是没有欢笑，便只剩下乏味的白纸伴着苦痛的伤。若是只有欢笑，便不知道什么才是真的欢喜。随时间洪流流走的那些日子，灌溉了许多生活的滋味，欢笑、痛苦、枯燥、忧愁一样不少，色彩斑斓的美丽更加灿烂。

杨绛曾这样描述爱情："我是一位老人，净说些老话。对于时代，我是落伍者，没有什么良言贡献给现代婚姻。只是在物质至上的时代潮流下，想提醒年轻的朋友，男女结合最最重要的是感情，双方互相理解的程度。理解深才能互相欣赏、吸引、支持和鼓励，两情相悦。门当户对及其他，并不重要。"

杨绛平静地说着这番话，对于爱情，她也向来看得简单。从青年到暮年，不曾改变。她看重的始终只有感情，她也希望人们可以追寻真正的爱情，而不仅仅是为生活。世间有许多普通人，算不得大人物。但不论多么平凡也都可以拥有一份同样平凡的爱情，不要拿生活当靶子，选错了路，多年后才觉得可惜。

杨绛与钱锺书的爱情便十分淳朴，他们在一起六十余年，互相依偎，将生活过得有滋有味。回想当年，古月堂前，一侧目，一回首，一切便成了注定。今生无法再割舍。慢慢地，他们的心越靠越近，终于黏在了一起。在这场举世无双的爱情中，他们势均力敌，互不退让，他们已认定了彼此。浪漫的时光翻腾着，他们有了圆圆。“我们仨”从此便在一起。

# 时间与死亡冲不淡的真情

杨绛在《我们仨》中写道："我们这个家，很朴素；我们三个人，很单纯。我们与世无求，与人无争，只求相聚在一起，相守在一起，各自做力所能及的事。碰到困难，我们一同承担，困难就不复困难；我们相伴相助，不论什么苦涩艰辛的事，都能变得甜润。我们稍有一点快乐，也会变得非常快乐。"

温暖平实的文字中点点滴滴都是那些曾经的欢快。离别是苦楚的，幸福的时光融入骨血，伴着他们一同安然入眠，也留给杨绛想念。简单与朴素从他们身上自然流露。杨绛与钱锺书向来淡泊名利，他们不在意自己做的工作在未来成为冷门，更不怕世人忘了他们。他们想要做没有名气的学者，这样便可以安心做学问了。钱锺书曾说："有名气就是多些不相知的人。"他们只愿生命中能有几个知己，不需结交太多人。

杨绛在"我一个人思念我们仨"中回忆了许多过往的时

光，质朴的感情让人为之动容。那些旧时光在杨绛笔下都是无比的温馨。圆圆小时候天真活泼，杨绛与钱锺书也不去改变她的天性，只一门心思疼爱她。圆圆也总是为大家带来许多欢乐。

圆圆小时候，钱锺书要在西南联大教书，许久才能回一次家。圆圆总是忘了他是谁，又总能和他很快熟识。钱锺书有一次从西南联大回来时，已经两年不曾与圆圆相见了。圆圆看着他将行李放在了妈妈床边，心中有了别样的情绪，她一直盯着钱锺书，怕他抢走妈妈。直到晚饭时，圆圆终于忍不住说出了口："这是我的妈妈，你的妈妈在那边。"她想要钱锺书离妈妈远一些，好像这样妈妈才是她一个人的。

钱锺书笑着问圆圆："我倒问问你，是我先认识你妈妈，还是你先认识？"

圆圆未曾多想便回答："自然我先认识，我一生出来就认识，你是长大了认识的。"

杨绛不由得为女儿能说出这般近似哲理的话而感到叹服，孩童总有他们独特的思维。不过不久后，圆圆便与钱锺书打成一片，蛇鼠一窝，玩得不亦乐乎，早就忘了妈妈的存在。杨绛只得感慨钱锺书的孩子心性与圆圆正合适，他们总能自得其乐。那时，杨绛便在旁边静静地看着，然后默默地收拾他们疯玩后的残局。她的心中满是欢喜。

有趣的事有许多，圆圆如同她生命里的一束光，她怀圆圆的时候自觉精力少一半。待圆圆真正出生后，她才明白她要将一半甚至更多的精力分给这个孩子。而这个孩子将带给她双倍的幸福。杨绛喜欢牵着圆圆的小手，走在路上从不松开，她喜欢这种感觉，也怕圆圆不小心走丢。

圆圆三四岁时，理应会记事了。杨绛带她坐过许多次电车，她却总说自己从未坐过电车。杨绛心里感到十分纳闷，想也许是女儿还不懂事，不知道什么是电车。一次杨绛带圆圆坐电车，一如既往地让圆圆坐在自己腿上。杨绛想趁机告诉女儿她们正在坐电车，让她渐渐明白电车这一回事。圆圆听到杨绛的话，勾着她的脖子，伏在耳旁悄悄对杨绛说："屁股坐。"这时杨绛才明白圆圆要自己坐在电车上才算是坐过电车。她从未想过原来是这样一回事。

那些美丽的时光总飞速消逝在指缝间，转眼间，便不知已去往何方。来不及在意时间，他们忙着欢笑。一生不过短短数载，她能与他们相拥自觉幸福，她庆幸上天安排他们仨相遇。只可惜，他们没能走在一起，他们一个个走了，而她还要留下来。杨绛曾说钱锺书做了"逃兵"，她却无处可逃，要留下来承担那些伤痛。总有人要留下来，他们还未清点好行囊。杨绛在他们离去后写下：

一九九七年早春，阿瑗去世。一九九八年岁末，锺书去世。我们三人就此失散了。就这么轻易地失散了。“世间好物不坚牢，彩云易散琉璃脆”。现在，只剩下了我一人。我清醒地看到以前当作“我们家”的寓所，只是旅途上的客栈而已。家在哪里，我不知道，我还在寻觅归途。

她找不到他们三个人的家了，他们真的失散了。杨绛守着她与钱锺书生前的故居，她一个人住着，屋里所有摆设照旧，她从未动过。钱锺书不在了，许多他的东西杨绛用不到，却也一直放在原位。每当她看到那些东西，便感觉他还在她身旁。

许多年过去了，小区所有房子都重新装修了，除了杨绛住的那间。在粉刷过的墙壁中，杨绛那间显得古老而朴素。室内也一直没有改变，还是水泥地面，阳台也未单独隔开，她说她想看蓝天。屋顶的白墙上还留有手掌印，那是曾经杨绛与钱锺书一同换灯泡时留下的印记。这些，杨绛都不曾处理。曾经政府提出为杨绛重新装修一遍房屋，被杨绛婉拒了。她将日子过得十分朴素，房屋一直不曾改变是她在用她的方式想念着钱锺书，留恋着过往的岁月。她活了许久，已经放下了许多，但她还想抓住那一丝温暖，陪她度过偶尔难熬的日子。

钱瑗与钱锺书相继离世后，杨绛继续写《我们仨》的故事，这是他们许多年的真实纪念，亦是她藏于心间的真实情感。读起来，让人不由得感动哭泣，也不由得欢笑艳羡。《我们仨》包括三部分 :“我们俩老了”“我们仨失散了”“我一个人思念我们仨”。唯有最后一部分是纪实性的回忆。前面夹杂着许多杨绛的梦，他们离开了，她只好在梦中与他们相见，她不知道这样的相见是欢喜还是悲伤。

撰写《我们仨》的岁月，成了杨绛别样的悼念与思恋。她将自己锁在一座城，城中布满他们曾经的回忆，她不愿意走出去。她说 :“现在我们三个失散了。剩下的这个我，再也找不到他们了。我只能把我们一同生活的岁月，重温一遍，和他们再聚聚。”

他们离开后，杨绛独自度过了近二十年，在世间思念着他们。漫漫岁月过后，她终于可以与他们重逢了，在另一个绿意盎然的世界。

# 后记

清风吹过耳畔，夕阳的余晖划过面庞，映出些许红晕。回首望去，一路上遍地都是她洒下的温柔。凝结在时间长河里的斑驳记忆倒转回最初，她也曾是亭亭玉立的少女，追着梦奔跑，与爱同眠。她生长在爱的堡垒，亦浇灌出爱的芬芳。“我们仨”是她心里最柔软的地方。因为她取得的杰出成就，她被唤作“杨绛先生”。

她最大的温柔是用一颗包容的心面对全世界，看过许多风景，走过许多路，在朴素中度过平凡的一生，始终过着简简单单的生活。她未曾想过将自己的人生演绎成一场轰轰烈烈的大电影，她想握在手中的只有掌心的温暖。这一生，百年不为过。在人生最后的年月里，她一个人想念着“我们仨”，期待着再相逢。

钱锺书说她是“最贤的妻，最才的女”，她自然也担得起这般称赞。岁月荏苒，她如寻常女子般在柴米油盐中打转，满身烟火气却未染一丝尘。她很少慌张，好似她的世界原本就波澜不惊。她仿佛得到了上天眷顾，亲情、爱情，每一样都近似完美。悲凉的故事更深刻，温暖的一生更有力。

她用一生守护着“我们仨”，看藤蔓渐渐爬上心房，他们仨的心始终缠绕在一起，叶落也不凋零，生离与死别都无法割舍。一个人的时光是孤单，也是思念。她送走了他们，只一人在世间怀念着“我们仨”。每一寸光阴都有着过往的影子，她拥抱着这样的时间，如同他们依旧在身旁。

几十年风雨漂泊，她经历了许多，却始终未曾改变。在幸福时光，与欢喜紧紧相拥。在难过的日子里，无惧迎面而来的苦难。她守着心中那方净土，用最温柔的心和最坚毅的品格。夕阳的光消逝在面庞，满是安详。